나의 어머니 최종덕

나의 어머니 최종덕

박미정 엮음

머리글

"하루는 길게 느껴져도 평생은 짧고 빨리 지나간다."라는 말처럼 영원히 이어질 것 같던 어머니의 한평생이 너무 빨리 지나가는 것 같아 아쉽게 느껴집니다.

어머니는 신실한 기독교 신앙을 바탕으로 40여 년간 교육계에 몸담아서, 사랑으로 제자들을 훈육하여 참 스승으로 칭찬과 존경을 받았을 뿐만 아니라, 현명한 판단력과 적극적인 추진력을 가진 지도자로서 여권 신장과 사회 발전에 많은 업적을 남기셨습니다.

어머니가 평소에 쓰신 글과 어머니를 회상하는 글을 모아서 이 문집을 편집하오니 부디 이 책을 통해 후손들의 가슴 속에 어머니의 사랑과 꿈과 이상이 영원히 이어지기를 바랍니다.

차 례

머리글

I. 선대 추념

II. 생애 회고

유년 시절

초등학생 시절

중·고등학생 시절

대학생 시절

신명학교 교사 시절

Ⅲ. 가족 단상

Ⅳ. 어머니를 흠모하는 글

Ⅴ. 기고한 글

신문에 기고한 글

기관지에 기고한 글

VI. 행사와 기념의 글

강연 초록

기념사

VII. 남기고 싶은 글

I

선대 추념

믿음의 선구자인 할아버지
내 신앙을 일깨워준 할머니
부지런하고 검약한 아버지
성실하고 인자한 어머니

믿음의 선구자인 할아버지

최원학

할아버지에 대한 기록과 기억은 많지 않다. 할아버지는 장녀 최정술(신명여고 졸업), 장남 최인술(평양신학교 졸업) 및 차녀를 두시고 막내로 나의 아버지인 최계술을 낳으셨다.

경제적으로 넉넉하진 않았으나, 일찍이 복음을 받아들여 교회설립을 원했던 할머니의 뜻을 따라 영천군 신령면 연정동에 연정교회의 건립을 주도하신 믿음의 선구자라고 전해지고 있다.

내 신앙을 일깨워준 할머니

김주회

할머니는 일찍이 연정리 시골에서 선교사를 만나게 되어 복음을 받아들였다. 낮에는 농사일을 도우시고 밤에는 베를 짜서 그것을 팔아 논밭을 더 사지 않으시고, 평생 모은 돈으로 작은 초가집을 사서 예배당으로 사용하셨으니 그것이 연정교회의 전신이다. 넉넉지 않은 살림이었지만 항상 이웃 사람들을 돕고 베풀며 살아오신 할머니였다.

나는 할머니의 무릎을 베고 재미있는 성경 이야기 듣기를 무척 좋아했고, 할머니는 성경 이야기가 끝나면 언제나 "사랑의 하나님, 귀하신 이름은 내 나이 비록 어려도 잘알 수 있어요…"라는 찬송가를 나의 자장가로 들려주셨다. 내 할머니의 자장가 덕분에 나는 매일 평화롭게 잠자리에 들었고, 할머니의 신앙심 덕분에 어린 손주들의 마음속에 신앙의 뿌리가 튼튼하게 자라게 되었다.

부지런하고 검약한 아버지

최계술(1909~1979)

아버지는 17세에 어머니와 결혼하여 18세 때 장남을 낳으셨다. 큰오빠 종만을 필두로 종순, 종덕, 종철, 종선, 종희, 부수, 종태, 종옥, 9남매를 먹여 살리기 위해 아버지는 다른 사람이 일어나기 전 새벽부터 소똥을 주워 모아 비료를 만들어 부지런히 농사일을 하셨다. 성실하고 부지런하면 천하에 어려운 일이 없다는 것을 좌우명으로 삼고 생활하셨다. 억척스럽게 농사일을 하여 조금씩 돈을 모아 반야월에 있는 과수원을 인수하셨다. 한 푼이라도 더 벌려고 낙과한 사과를 모아서 소달구지에 싣고 캄캄한 새벽에 대구에 있는 칠성시장에 가서 싼값으로 사과를 팔아 우리 9남매를 모두 소질과 능력에 따라 교육을 잘 받을 수 있게 하셨다. 체구는 작았지만 성품이 활달하고 긍정적이며, 매사에 자신감이 넘쳐 있었다. 우리 집 앞에 있는 큰 개울을 건너야 외부로 출입할 수 있었는데, 물이 적게 흐르면 발을 둥둥 걷고 듬성듬성 놓여있는 징검다리를 건넜으나, 비만 오면 개울의 물이 엄청나게 불어나 아버지가 우리를 업어 나른 기억이 선하다.

또한, 아버지는 지역사회를 선도한 지도자로서 많은 업적을 남기셨다. 초대 영천군 새마을운동 협의회장과 통일주체 국민회의 영천군 자문위원을 지내셨으며, 단포교회 영수(장로)로 어려운 교회 운영을 잘 돌보셨다.

평생 외식 한번 안 하시고 고기 한 근 집에 사 오면 온 가족이 몇 끼를 먹을 수 있다며 절약하셨다. 우리 가정은 물질적으로는 부유하지 않았지만, 두터운 신앙으로 정신적으로는 풍요로웠다. 아버지는 신명이 많으셔서 대가족이 모이면 마당에 멍석을 깔아 우리를 씨름도 시키고, 노래자랑도 시키며, 화투도 아주 신명 나게 치셨다.

노후에 좀 여유롭게 살 만하셨을 때 위암이 발견되어 제대로 치료도 못 받고 하나님의 부르심을 받으셨다.

성실하고 인자한 어머니

조복돌(1909~1958)

어머니는 7세 때 부모님을 여의고 삼촌 집에서 자라셨고, 17세 때 동갑인 아버지를 만나 결혼하셨다. 형편이 넉넉하지 못하여 어린 새댁은 맨발로 먼 거리에 있는 우물물을 길어 오셔야 했다. 인정이 많아 주위에 있는 어려운 사람에게 후하게 나눠 주셨기에, 시아버님으로부터 헤프다고 꾸지람을 듣기도 하였다고 하셨다. 거지가 동냥하러 오면 항상 후하게 주고, 밥이 없을 땐 조금 있다 다시 오라 하고 그동안 밥을 지어 많이 주었으며, 과수원의 낙과도 넉넉히 가져가도록 하셨다. 자녀들에게는 반찬 한 가지라도 다른 형제들이 있음을 생각하라며 서로 사랑을 나누고 돕는 상부상조의 중요성을 강조하셨다.

내가 대구의 신명학교에 입학시험을 보러 갈 때 "시험 치러 안 보내면 원망을 할 테니 시험을 치러 보내긴 하지만, 마음 한편으로는 떨어졌으면 좋겠다는 생각이었다."고 뒷날에 실토하셨다. 그만큼 집안 살림은 어려웠고 농사일에 일손은 부족한 상태였다. 그러나 나는 당당히 신명학교에 수석으로 입학하여 줄곧 대구에서 중·고등학교에 다니고, 그 후 서울에서 대학을 졸업한 다음 다시 대구에서 교직생활을 할 때 어머니가 돌아가셨으니, 어머니와 함께 한 시간이 많지 않아 그리움이 더욱 절실하게 사무친다.

어려운 가정형편 가운데서도 생명을 존엄하게 여기고 9남매를 생기는 대로 다 낳아 두메산골 농촌에서 온갖 고생을 다 하시면서도 자녀들을 모두 잘 키우고 교육시킨 어머니는 성모 마리아라 불릴 정도로 기품이 있고 신앙심이 깊었다. 어머니는 삶이 힘들어도 정직하고 성실하게 살면 주께서 지켜주신다며 「태산을 넘어 험곡에 가도」라는 찬송가를 자주 부르셨다. 조용히 미소를 머금고 평온한 모습으로 가정을 이끄시던 어머니의 모습이 그리워진다.

검은 책보를 어깨에 메고 산 넘고 물 건너 10리 길의 먼 학교에 갔다 오면 어머니께서 보리밥에 물 부어 풋고추 찍어주시던 그 맛, 간식으로 어머니가 자주 삶아 주셨던 타박한 감자 맛, 이글거리는 태양 아래서 치마에 쓱 문질러 주시던 불그스레한 토마토의 은근한 맛은 지금도 잊을 수가 없으며, 어머니에 대한 그리움을 더욱 짙게 한다. 별다른 간식이 없었던 그 당시 우리 친구들을 위해 어머니는 자주 콩도 볶아 주셨다. 더운 열기가 풀풀 나는 볶은 콩을 치마에 가득 담아 주시며 친구들에게 나누어 주도록 마음을 써주신 그 사랑이 새삼 그리워진다.

큰 병 한번 앓지 않았으나 맏아들 종만 오빠가 돌아가신 후 많이 괴로워하셨는데, 어느 날 저녁 식사 후 일어서다가 갑자기 쓰러지셨다. 이후 열흘 정도 고생하시다가 어머니의 나이 겨우 49세에 하나님의 부르심을 받으셨다. 지금 생각하니 뇌출혈로 추정되나, 제대로 된 치료를 받지 못하고 갑작스레 돌아가신 것이 너무나 안타깝다.

II

생애 회고

유년 시절

섭섭이 손녀의 어린 시절

1932년 3월 30일, 나는 영천군 신녕면 연정동에서 4남 5녀 중 셋째로 태어났다. 오빠와 언니 다음으로 태어난 나에게는 출생 훨씬 전부터 손자이기를 바라시던 할아버지의 남아 선호 사상에 의해 '종덕'이라는 남자 이름이 작명되어 있었다. 손자를 기대하셨던 할아버지에게는 섭섭한 손녀일 수밖에 없었다. 나는 예쁜 여자 이름 하나 못 타고 났지만, 우리 할아버지가 바랐던 손자 이상의 훌륭한 사람이 되리라고 어린 마음으로 다짐하면서 어릴 적부터 부지런히 살았다. 자식에 대한 애정이 특별하셨던 아버지, 어머니의 자애로운 사랑 속에서 행복하게 자라게 되어 동네 친구들의 부러움을 받으며 유년기를 보냈다. 어린 시절 교회에서 결혼식을 할 때마다 신랑 신부의 화동으로 꽃바구니를 들고 꽃종이를 뿌리는 일을 맡아서 친구들에게 선망의 대상이 되기도 했던 기억이 새삼스러워진다.

나는 9남매 중 둘째 딸로서 내 밑의 여섯 동생 업어주기가 나의 가사 돕기 첫 번째 일이었고, 둘째는 빨래 다릴 때 옷감의 한쪽 면을 붙잡는 것인데 그것이 얼마나 힘들었는지 모른다. 뚜껑 없는 다리미에 활활 타는 숯불을 얹고 내 가까이 올 때는 무척이나 뜨거웠지만, 움직이면 수평 균형이 흐트러져 옷을 태우게 되기 때문에 꾹 참고 열기를 견뎌내야 했다.

셋째는 어머니가 콩을 심기 위해 빠른 속도로 논두렁에 구멍을 내며 앞으로 걸어가시면 나는 그 구멍 속으로 콩알을 잽싸게 집어넣는 일을 한 기억이 난다.

초등학생 시절

황소에서 얻은 교훈

내가 열 살 때쯤 일이다. 황소를 몰고 야산에 나가 싱싱한 풀을 배부르게 뜯어 먹게 하는 것이 나의 중요한 임무였다. 어느 날, 소를 몰고 산에 갔을 때 아버지께서 "소를 보고 있어라. 산 아래에 있는 논의 물을 좀 보고 오마." 하셨다. 소를 보라는 말씀은 소를 잃어버리지 말라는 뜻이니까 나는 황소를 절대 잃지 않으려고 소의 목줄을 오른팔에 칭칭 감아 소가 움직이는 대로 이리저리 따라다녔다. 그런데 별안간 황소가 다른 소 떼들이 있는 건너편 산등성이로 냅다 달리기 시작했다. 나는 별안간 끌려가게 되었고, 줄이 풀리지 않아 엎어진 채 긁히고 채이다가 정신을 잃고 말았다. 간신히 살아남은 나를 위해 우리 집은 감사예배를 드렸다 한다. 이 일이 있고 나서 아버지께서는

"줄을 매거나 못을 치더라도 항상 다시 풀고 뺄 수 있도록 뒷일과 여유를 남겨 둬야 한다"고 하셨다. 이 말씀은 삶의 지혜로서 나에게 좋은 교훈이 되었다.

나의 학적부

나는 어린 시절이 회상되어 모교인 신령초등학교에 학적부를 의뢰하였더니 친절하게도 학적부 사본을 보내주셨다. 그 통지표에는 나의 모든 것을 비춰주는 상세하고 정확한 나의 생활기록이 담겨 있었다. 거기에 적힌 기록들을 보면서 잊혀 졌던 많은 추억이 떠올랐다. 그 시절, 등교는 10리길 산을 넘고, 물을 건너야 했기에 큰물이 나면 전화도 없던 시절이므로 무단결석이 자주 있었다.

1940년 4월 1일에 입학하여 5년간은 일본의 식민지 교육으로 일본말을 강요당했고 운동장 동편에 있는 신사 앞에서 선생님으로부터 참배를 강요당했지만, 기독교 신자인 부모님의 신앙심을 따르기 위해 나는 참배하는 의식에 따르지 않아 꾸중을 많이 듣고 벌 청소도 많이 하였으며, 솔방울 따기, 풀 베어 퇴비 만들기 등을 하면서 그 이유를 따져 물었던 생각도 잊을수 없다. 그런 연유인지는 몰라도 나는 1학년에서 6학년까지 늘 사고력과 관찰력이 뛰어나고 명랑 쾌활하며, 두뇌가 명석하여 성적이 우수하며, 체구에 비해 저항력이 강한 아이로 기록

되어 있어서 그 상세하고 정확한 기록에 나는 놀랐다. 돌이켜 생각해 보면, 불의에 타협하지 않는 나의 성격이 초등학교 시절부터 형성되어 있었던 것 같다.

중·고등학생 시절

성명여중 수석 입학

해방 이듬해인 1946년 초등학교를 졸업하였는데, 당시 호열자(콜레라)라는 전염병 때문에 많은 사람들이 죽었고, 곳곳에 새끼줄로 금지구역을 만들었던 그해, 나는 아버지의 낡은 자전거 뒤에 얹혀 100리 먼 곳에 있던 대구 신명여학교를 겨우 찾아가서 시험을 보았다. 내가 기독교 신자이기에 믿음으로 세워진 유서 깊은 신명여학교에 응시한 것은 당연한 일이었다.

기쁘고 즐거운 입학식 날, 검정 치마 아랫단에 레이스로 줄을 친 치마와 소매통이 무척 넓은 흰 저고리에 끈을 맨 하얀 구두를 신고 촌티가 줄줄 흐르는 모습으로 입학식에 참석하게 되었다. 그런데 조그마한 키의 교감 선생님이라는 분이 나를 불러 교무실로 데리고 가셨다. 겁이 많았던 나는 가슴이 두근거렸다. 필경 고무신 대신에 신어서는 안 되는 구두를 신었기 때문에 불려온 것으로 생각하였기 때문이었다. 그런데 교무실에서 신입생 대표 선서문이란 제목의 글을 연습으로 읽어보라 하시기에, 구두 때문이 아니라는 것을 알고 안도의 한숨을 쉰 후 또박또박 읽었더니 "잘했어! 나중에도 꼭 그렇게 읽어야 한다." 라고 말씀하시며 내 머리를 쓰다듬어 주셨다.

카랑카랑한 목소리로 신입생 대표로 선서를 하고 식이 끝난 다음 퇴장하자 많은 학부모님과 선배, 그리고 친구들이 나를 둘러 쌓았다. "야! 너는 어느 학교에서 왔노?"/ "너무 좋겠다."/ "부럽다."/ "우와. 수석입학! 똑똑한 아이네."/ "나하고 S 하자 (의형제 맺자)."는 등 관심이 폭발했다. 그렇지 않아도 나는 뺨이 빨개서 홍옥 사과라고 가끔 별명처럼 불렸는데, 그날의 내 뺨은 더 잘 익은 홍옥 같았다고 한다.

각 학년에는 세 반이 있었고 성적이 우수한 학생들만 뽑아서 매 반으로 편성되었다. 반 친구들은 모두 눈빛이 초롱초롱하고 얼굴이 말쑥하고 착한 아이들뿐이었기에 매 반에서 반장으로서 활동하던 나의 학교생활은 더할 나위 없이 행복하였다.

대구에서 공부를 하고 방학 때 영천에 있는 집으로 갈 때 집 앞의 개울물이 불어나 떠내려갈 뻔한 일이 있었는데, 동네 사람들은 "이렇게 큰 물난리, 호열자 난리에 뭣 하러 다 큰 딸자식을 더 공부시키려고 하느냐? 밥 얻으러 오는 거지는 봐도 글 얻으러 오는 거지는 못 봤는데?" 하는 이런저런 말들을 뒤로하시고, 그 어려운 시기에 아버지는 배움에 굶주리지 않도록 내 인생의 항로를 확실하게 해주셨다.

신명여고 1학년 강윤주 선생님과 1951.

과학과의 인연

초등학교 때 읽은 퀴리 부인전은 어린 소녀의 가슴에 벅찬 감동을 주었다. 이후 나는 한국의 퀴리 부인이 되겠다는 엄청난 꿈을 품고 포기하지 않았다. 고등학교 때 학교를 대표하여 제1회 전국 과학전람회에 출품하면서부터 점점 더 과학에 심취하게 되었고, 대학에서 물리학을 전공하고 싶은 포부를 굽히지 않았다.

책임감을 일깨워준 선생님

　호랑이 국어 선생님 곽대남 선생님이 계셨다. 선생님은 철두 철미하신 분으로 시작종이 울리면 교실에 바로 들어오셨다. 쉬는 시간에 이미 수업하실 반 앞에 서 계셨던 것이었다. 한 번은 이런 일이 있었다. 교실 신축 공사관계로 3학급이 강당에 모여 수업을 할 때였다. 시작종이 울려 선생님은 들어오셨지만, 친구들은 떠들고 장난치고 수업 준비가 되어 있지 않았다. 선생님께서는 반장인 나를 불러 내셨고, 반장의 임무를 다하지 못한 벌로 교실 모퉁이에 있던 정구 라켓으로 머리를 호되게 얻어맞게 되었다. 머리에 혹이 나고 통증이 심했지만, 나는 그 선생님을 미워하지 않았고, 책임감을 일깨워주신 선생님이 오히려 고마웠다. 졸업식 날, 선생님이 '유수불태(流水不怠)'란 글귀를 주셨다. 그 글귀의 의미처럼 책임감을 다하고 열심히, 최선을 다하며 꾸준히 쉬지 않고 흐르는 물처럼 살아야겠다고 결심하고 지금도 노력하고 있다.

학생회 활동

학도호국단

당시 대한민국 학도들의 호국 운동의 일환으로 학교별로 학도
호국단을 조직 운영하였다.

학도호국단장 최 종 덕 1951년

변론부

1949년 8월 독립기념 웅변 경북대회 여자부 1등

신명여고 최종덕

1951년 10월 기독교계 학교 전국웅변대회 여자부 2등

신명여고 최종덕

종교부

본교 설립 정신에 입각하여 여러 부서 중 중심적 역할을 했다.

역대 회장 최 종 덕 1951년

-신명 백년사(1907~2007)에서 -

일선 장병 위문공연

환한 햇살을 듬뿍 받은 신명 동산 언덕길에 갖가지 꽃들이 생명의 환희에 넘치고 있는 좋은 계절에 꿈에도 잊을 수 없는 비극의 6.25 사변이 발생하였다.

1951년 6월, 당시 학교 호국 대장이었던 나는 위문 단원 20여 명과 함께 38선 가까이에 있는 일선 장병 위문을 떠났다. 육중한 체구의 육군 중령이 나와서 "첫째, 몸조심하라. 둘째, 고생을 단단히 각오하라. 셋째, 군인들의 감정을 상하게 하지 말라. 넷째, 돌아와 어디가 어떻다고 말하지 말라. 만일 이것을 어길 땐 영창이다."라는 어마어마한 훈시에 우리는 잠시 긴장감과 공포심에 사로잡혔다. 엄중한 명령 가운데 허겁지겁 트럭에 올라타자 어느새 차는 움직였고, 울퉁불퉁한 산길을 달리며 심한 뜀뛰기를 하는 트럭 위에서 척추뼈가 부러지겠다고 아우성을 치는 친구, 멀미에 시달리는 친구도 있었지만, 망망한 동해의 돛단배와 철썩거리는 파도를 보면서 어디가 어딘지 알 수 없는 곳을 달리고 달려 우리 일행이 말로만 듣던 38선 다리를 본 날은 출발한 지 이틀 후였다. 불과 6~7m 되는 다리에 새겨진 38선이라는 그 세 글자! 우리 일행은 모두 숙연해졌고 나의 두 눈에서는 어느새 눈물이 흘러내렸다. 이 겨레의 아픔과 원한의 표식, 한 피 받은 우리 동족 간에 전쟁이란 웬 말인가? 누가 이토록 가슴 아픈 우리 민족적 운명의 38선을 만들었단 말인가? 참으로 전쟁의 비참함을 가슴 아파하면서 공산당 김일성을 원망하였다.

곧이어 첫 위문공연을 해야 한다기에 걱정이 되었다. 장병들을 어떻게 위로해 드려야 하고, 어떻게 사기를 돋울 수 있을 것인가? 위문 단장이며 사회자인 나에게 큰 부담이 된 것이다. 그러나 있는 그대로 온 정성을 다해 진심으로 우리의 마음과 뜻을 전하겠다는 결의로 기량을 발휘했을 때 산기슭 벌판에서 사과 궤짝으로 만든 무대 위의 공연이 그들의 우레와 같은 함성과 박수를 받을 수 있어서 너무나 성공적이었다는 자부심과 자신감을 가지게 되었다. 무대가 찌그러져서 웃음보를 터뜨렸던 일, 갑자기 쏟아졌던 소낙비에 '어느 쪽이 먼저 후퇴 하나를 겨룰 수 있는 기회'라는 사회자인 나의 말에 전 장병들이 한 사람도 움직이지 않았고, 우리들도 우중 공연으로 옷이 흠뻑 젖었던 일, 또 무서운 해골바가지 표식의 백골 용사들의 열렬한 환영과 함성, 귀 고막이 터질 것만 같은 대포 소리 속에서도 1분 후의 생사도 보장될 수 없는 위기 상황 속에서도 탈색되고 찢어진 군복 뒤 포켓에 책을 넣은 그 장병은 필경 학업에 대한 미련을 가진 학도병이었으리라 짐작되었다.

엉터리 의사, 심 봉사의 넋두리 등 20여 종의 다채로운 프로그램은 차질없이 진행되었고 잠시나마 전쟁의 긴장감에서 벗어나 웃음과 즐거움 속에서 동족애, 형제애를 나눌 수 있는 귀한 시간들이었다.

일선 위문은 내 일생 잊을 수 없는 값진 경험과 많은 것을 배우고 깨닫게 해주었다. 첫째, 나라와 겨레를 위해 학업도 젊음도 생명도 부모 형제의 그리움도 다 희생해야 한다는 것. 둘째, 군인은 명령에 살고 명령에 죽고 하는 그 절대복종의 규율. 셋째, 죽음을 무릅쓰고 의무와 책임을 완수하는 충성과 용맹. 넷째, 엄격한 규율과 질서 가운데서도 훈훈한 인정과 순수한 전우애가 있음을 엿볼 때 만감이 교차하고 국군 아저씨들의 희생에 고개가 숙여질 뿐이었다. 백선엽 군단장님과 여러 사단장님, 연대장님이 주셨던 감사장과 건빵 봉지, 전선 고지에 핀 조그마한 꽃들, 동해 명사십리 해당화와 아름다운 자연 풍경, 장병 아저씨들의 시커먼 손으로 뭉쳐 주셨던 주먹밥의 맛 등, 평생 잊을 수 없는 많은 추억거리를 한 아름 안고 12일간의 전선 위문의 여정을 잘 마치고 개선장병처럼 의기양양하게 기다리시던 부모님 곁으로, 그리운 학교로 돌아왔다. 그때의 갖가지 일들이 지금도 생생하게 내 머릿속과 내 가슴속에 살아남아 있다.

신문 기사

대구 신명여자고등학교의 학도호국대장 최종덕(3년) 양은 중학교 1학년부터 지금까지 신명여중·고등학교에서 제일 가는 특대생으로 교우들의 신망을 받고 있으며, 민족정신에 불타는 최 양은 강력한 정신력과 웅변술이 있어 웅변대회에 참가할 때마다 여자로서는 최우등에 입선하였다. 또 사변 이후 여러 번 위문단을 조직하여 최전

선의 군인을 위문하여 칭송이 자자하였다. 그녀는 과학에 남다른 흥미와 소질을 갖고 위대한 물리학자가 되고자 노력 중이라고 하며, 현재 학생기독청년회 대구시 연합회의 부회장, 신명여자기독청년회의 회장 등의 중임을 맡고 있으며, 장차 여성의 위대한 지도자가 될 것으로 기대되는 바 크다.

1952년 대구 매일신문

눈물의 두레박

나의 모교, 신명동산은 높은 언덕에 위치한 탓으로 먹을 물이 귀해서 체육시간만 끝나면 수십 명의 학생들이 물을 마시기 위해 학교 교문 밖 아래 동네로 우르르 몰려 내려갔었다. 그때마다 마을 아주머니들은 "다 큰 계집애들이 체면도 없어. 하루 이틀도 아니고, 한두 명도 아니고 도대체 이게 뭐냐?" 하며 야단을 치며 물을 주지 않으셨다. 목마른 갈증을 해소도 하지 못하고 되돌아온 우리를 안쓰럽게 바라보시던 황윤섭 교장 선생님께서 "조금만 참아라. 내가 꼭 자네들을 위해 우물을 팔 거야." 하시며 우리들의 어깨를 다독거려 주셨다. 며칠 후, 우물 파는 공사가 진행되었고, 오랜 시일이 지난 뒤 우리는 두레박을 도르래로 물을 길어 올리는 기쁨을 누릴 수 있었다. 우물가에 둘러선 수많은 학생들과 사랑이 많으셨던 교장 선생님은 두레박을 감아올리면서 눈물을 흘리며 감격하였고, 우리는 그 우물의 이름을 '교장 선생님의 사랑의 우물'로, 그 두레박은 '눈물의 두레박'으로 이름을 지어 불렀다.

안타깝게도 교장 선생님은 폐결핵이 심해지셨고, 소천하시기 전날 밤, 나는 교장 선생님께서 만나보고 싶어 하신다는 전갈을 받고 울먹이며 교장 선생님 댁을 방문한 자리에서, 마지막까지 제자를 사랑하며 걱정해 주시는 참사랑을 가슴 깊이 느낄 수 있었다. 유언으로 몇 말씀을 하신 후 교장 선생님은 사모님에게 이렇게 당부를 하셨다 "당신은 내일 마스크 준비를 많이 하도록 해요." 하시는 것이었다. 그 말을 듣는 순간 나는 복받치는 울음을 터뜨리지 않을 수 없었다. 죽음 직전에서도 제자들에게 혹 결핵균이 옮겨질까 봐 염려해 주신 것이다.

그 이튿날, 너무도 애석하게 교장 선생님은 하늘나라로 가셨다. 장례식날에는 마스크를 한 전교생이 상여 뒤를 따라가며 울고 또 울었다. 마스크는 온통 눈물로 뒤범벅되었고 나의 애끓는 조사는 온 조문객을 울음바다로 만들었다 나는 그때 훗날 나도 교장이 된다면 황윤섭 교장 선생님같이 지성껏 학생들을 사랑하는 교장이 되리라고 다짐하였다.

대학생 시절

서울대 입학의 기쁨과 등록금 분실

1952년 봄, 서울대학 문리과대학 물리학과에 입학했다. 당시 서울대학은 6·25사변으로 인해 부산에 피난 가 있었는데, 부산 구덕산 기슭에 판잣집을 지어 천막 지붕을 씌운 임시 교사에 있었던 관계로 비가 오는 날이면 강의실에는 비가 새고, 실험 기구 등의 교육 기자재는 거의 없어 당혹감을 느끼기도 하였으나, 대학 중의 대학이요 최고의 진리 전당이라 자부하는 문리대에 대한 긍지만은 대단하였다.

그런데 입학의 기쁨도 잠깐, 뜻하지 않은 사건이 발생하였다.
어려운 가운데 9남매 자녀교육에 골몰하시는 부모님께 대구도 아닌 서울대에 가기 위해 하숙비와 등록금을 달라고 하기가 미안해 눈치만 보고 있던 어느 날 오후, 어머니께서 "등록일이 다 되었제? 쓰리꾼(소매치기) 조심해라." 하시며 돈이 가득 든 헝겊으로 만든 돈주머니를 주셨다. 눈물이 나도록 부모님의 사랑이 고마웠다.
나는 그날로 부산에 가서 이화여대에 재학 중이던 고종사촌 언니를 찾아 그 하숙집에서 함께 하룻밤을 보냈다. 그런데, 아침에 일어나 보니 돈이 든 주머니가 없어졌다. 눈앞이 캄캄하고, 너무 당황하고 어이가 없어 말이 나오지 않을 지경이었지만, 차분히 놀란 가슴을 진정시키며 돈주머니를 찾으려 수소문해 본 결과, 그 하숙집에서 일하는 아이가 아무 말도 없이 행방불명이 되었다는 것을 알게 되었다. 그를 찾기 위해 고속버스 터미널과 부두, 기차역 등 여러 곳을 찾아보았으나 도저히 찾아낼 수가 없어 크게 낙심하고 바다에 빠져 죽을까도 생각했으나, 나의 서울대 입학을 그렇게도 기뻐하시던 부모님의 얼굴이 떠올라서 다시 마음을 가다듬고, 신명여고 수석 졸업 시에 받은 금시계를 팔아 우선 허기진 배를 채웠으나, 등록금에는 턱없이 부족하였다. 곧바로 방종현 문리대 학장님을 찾아가 사정을 말씀드렸더니, 학장님께서 특별히 배려해 주셔서 등록 연기의 혜택을 받게 되었다. 6개월 후에야 이 사실을 아신 부모님께서 아무 꾸지람 없이 잃어버리지 않도록 조심하라는 당부의 말씀과 함께 등록금을 마련해 주셔서, 다시 서울대 문리대로 가서 등록하고 부모님 은혜에 보답하리라는 결심으로 열심히 공부를 할 수 있게 되었다.

가정교사 생활

대학 동기생 중의 한 친구가 나를 찾아와서 자기 생질녀가 둘 있는데, 언니처럼 함께 생활하며 공부를 가르쳐 줄 가정교사를 찾고 있는데 혹 할 마음이 있으면 내일까지 알려 달라고 하였다. 몹시 경제적으로 어려움을 겪고 있었던 나는 그 자리에서 당장 가정교사를 하겠다고 수락하였다.

부산 대신동에 있는 대동유지공업사 김동석 사장님 댁이었는데, 아들 둘, 딸 둘 모두 성격이 원만하고, 부모님의 인품도 너무 훌륭하시며 나를 큰딸처럼 사랑해 주셨다. 나는 가정교사라기보다 한 가족으로 서울 환도시까지 편하게 공부할 수 있었던 행운을 누리게 되었다. 항상 웃음을 띤 인자하시던 그분들은 이미 고인이 되셨지만 네 자녀가 모두 훌륭하게 자라서 행복하게 살고 있으며, 지금까지도 계속 우정을 나누고 있다.

휴전이 되고 서울대학교가 부산에서 서울로 환도하게 되었다. 다행히 부산의 김동석 사장님의 소개로 당시 반공 검사로 유명했던 서울의 오제도 검사님 댁의 가정교사가 되었다. 두 딸 모두 두뇌가 명석하고, 성격이 활달하며, 자립심이 강했다. 오 검사님은 합동수사본부장이라는 어마어마한 직함과는 달리 아주 인자하시고 가정적이며 민주적이었으며, 사모님 또한 뿌리 깊은 신앙을 바탕으로 한 따뜻한 사랑과 노부모님에 대한 지극한 효심, 그리고 매사에 검소·절제하시는 삶을 사셨던 모습이 지금도 눈에 선하다.

특히 검사님이 외국에 갔다 오시면서 '원자핵 물리학' 양자역학 등 희귀한 외국 도서를 사다 주셔서 그때의 고마움을 아직도 잊지 못하고 나에게 좋은 분들을 만나게 해주신 하나님께 감사하고 있다.

소년원의 한 소녀에 대한 애정

6·25 사변으로 인해 서울대가 부산에서 피난살이 하던 때, 나는 사과 궤짝을 엎어서 공부할 때는 책상으로, 밥 먹을 때는 밥상으로 쓰며 자취생활을 하는 어려운 시절을 보내야 했다.

그러던 어느 날, 나는 우연히 부산일보에 게재된 어느 소녀가 쓴 「쓰레기통에서도 장미꽃은 핀다」는 제목의 일기를 읽게 되었다. 6·25 사변으로 남하하던 도중 아버지는 폭격으로 돌아가시고 계모와 이복형제들과 함께 천신만고 끝에 부산에 정착했으나, 살길이 막연해서 친구 집에 돈을 빌리러 갔다가 친구가 없는 것을 알고는 친구의 벨벳 치마를 훔쳐 팔아 취직을 하려다 붙들려 소년원에 수감되었고, 그후 정상이 참작되어 사회로 나왔지만 역시 살기가 힘겨웠던 감정을 적은 글이었다. "눈에 보이는 창살이 있는 곳보다 창살 없는 사회가 더 무섭다. 이러다간 언제 절망의 구렁텅이에 빠질지 모른다. 쓰레기통에서도 장미꽃은 핀다는데 나에게는 언제 그 장미꽃이 필까?"

그 신문을 읽고 나는 한 여성으로서 그 소녀가 윤락의 길에 빠지지 않도록 구해 주어야 한다는 생각으로 신문 쪽지를 들고 그 소녀가 있는 소년원으로 찾아가게 되었다. 소년원 원장님께 나의 뜻을 알리자 목사님인 그 원장님은 "내가 30년 동안 이 일을 맡아 왔지만, 학생이 이런 일을 하겠다고 온 사람은 처음 보았고, 내가 대학생을 뭘 믿고 내 원생을 내어줄 수 있겠느냐? 도대체 데려가서 어쩔 생각이냐?"라고 반문하셨다. 나는 나를 믿고 그 소녀를 맡겨주시면 어떻게 해서라도 그 소녀를 공부시키고 자립시켜서 이 사회의 훌륭한 사람이 되도록 하겠다고 말씀드렸더니, 그 원장님은 의아한 표정으로 그러면 학생이 이 아이를 어느 학교에 입학시킨다는 입학 허가서를 받아오라고 하셨다. 되돌아오면서 나는 문득 나의 은사님이셨던 이영조 선생님이 생각났다. 선생님은 자애로우신 분으로, 내가 고등학교 1학년 때 얼굴에 마른버짐이 나서 피부가 이상했을 때 약을 주시던 분이셨다. 그래서 나는 학교를 하루 결석하고 대구로 가 당시 N여고 교감 선생님이셨던 선생님을 찾아뵙고, 사연을 말씀드렸더니, 선생님은 "역시 종덕이야. 종덕이가 아니면 이런 일을 할 수 없지." 하시며 입학 허가서를 작성해 주셨다. 그때 나는 눈물이 나도록 고마웠고, 얼마나 선생님이 존경스러웠는지 모른다. 날아갈 듯 기쁜 마음으로 허가서를 들고 부산의 그 소년원으로 달려갔고, 마치 개선장군이나 된 양 허가서를 소년원 원장님 앞에 내밀었다. 그러자 원장님은 많은 원생들을 모아 놓고 "이 소녀는 오늘부터 공부하기 위해 떠나게 되었다."고 소개했다. 그 소녀는 "나는 쓰레기통에서 장미꽃이 필 날을 기다리며 기도했는데, 뜻밖에도 하늘에 가 계시는 내 아버지의 도우심으로 이렇게 좋은 최종덕 언니를 만나 공부하러 가니, 여러 원생 친구들도 절대로 희망을 버리지 말고 장미꽃이 필 날을 기다리고 있으라."고 작별의 인사를 했고, 많은 원생들이 부러워하며 "너는 참 좋겠다. 나가서 공부 잘하고 성공해라."라 는 덕담을 하며 손을 흔들어 주었다.

나는 그 소녀를 대구로 데려와 YWCA에서 영어를 수강하게 하고, 하숙은 육영학사에서 하도록 도와주었다.

서울대가 부산에서 서울로 다시 복귀하고 그 이후 연락이 잘 닿지 않았고, 지금은 그 소녀가 어디서 어떻게 생활하고 있는 지조차 모르고 있다. 가끔 TV에서 만나고 싶은 사람들을 만나 얼싸안는 모습들을 보면 생각이 많이 나지만 똑똑하고 의지가 강한 아이였으니 좋은 주부가 되어 행복한 가정을 꾸리고 있으 리라 믿는다.

존경하는 은사님

나는 대학에서 원자물리학을 전공하였고 학사 논문은 「원자탄 의 원리: 연쇄반응에 관한 연구」였다. 나의 대학 시절 가르침을 받은 많은 교수님 중 평생 잊을 수 없는 존경스러운 두 분의 은 사님이 계셨다.

윤세원 교수님(후일 선문대학교 총장)으로 인자하고, 해박한 지식, 열강하시는 모습, 겸손하고 온후하신 인품, 고매한 인격에서 풍겨 나오는 덕성에서 참 스승의 모습을 찾아볼 수 있으며 모든 제자의 존경을 받았던 스승이셨다. 어느 날, 아현동 고가도로 밑에 있던 윤 교수님 댁을 방문하고는 깜짝 놀랐던 적이 있다. 조그마한 집에서 검소하게 사시는 내외분의 생활은 청빈한 선비의 화신과도 같았다.

은사님을 못뵌 지 오랜 세월이 지난 후, 내가 전국 과학전에 출품한 적이 있었는데, 그때 마침 심사위원장으로 오신 윤 교수님을 국립 과학관에서 만나게 되었다. "선생님, 제가 출품했습니다." 하자 "아, 그래요?" 하시고는 옆에 계신 김정흠 교수님께 "김 선생, 이 후배 최종덕 선생 알지요?" 하시고는 다른 곳으로 가버리셨다.

훗날, 경희대 부총장님 때 찾아뵌 적이 있었다. 백발이 성성한 모습으로 수업을 마치시고 분필 가루가 듬뿍 묻은 손으로 악수하시면서 반갑게 맞아주시던 존경하는 은사님께, 내가 "부총장님도 수업하십니까?" 하자, "그럼, 학문하는 자는 언제 어디서든지 쉬어서는 안 되는 거야." 하시던 그때의 모습을 지금도 잊을 수 없다. 한국 물리학계의 거성이시고 자랑스러운 나의 스승이신 참으로 존경스러운 윤세원 교수님을 잊을 수 없다.

그리고 권영대 교수님은 한국 물리학계의 큰 별이시며 광학계의 태두이셨다. 그는 속세를 해탈한 품성을 지녔고, 참 스승의 모습으로 제자들 가슴에 새겨져 있다. 은사님은 문리대 근처 동숭동에 사셨는데, 어느 날 친구와 같이 은사님을 찾아뵈었을 때 정원의 대나무가 너무 인상적이었으며, 선생님이 대나무를 좋아하시는 이유를 자세히 설명해 주셨던 것이 기억난다.

내가 대학을 졸업할 무렵 많은 제자들의 취직을 염려하여 주셨고, 나에게는 이화여대 물리학과 조교로 추천하여 주셨는데, 내가 은사님의 그 깊은 배려에도 불구하고 대구의 모교에서 교사로 와 달라는 부탁을 거절하지 못했고, 또 동생 6명의 학비를 내가 감당하여야 하는 처지여서 무보수에 가까운 조교로 갈 수가 없었다. 나의 결심을 들으신 교수님께서는 "낙오자의 대열에 합류하려면 대구에 교사로 가도 좋다. 당장의 이익을 생각하지 말고, 멀리 장래를 내다보고 지금 조금 고생스러워도 참고 대학으로 진출하도록 심사숙고하라."는 말씀을 해주셨는데, 그 말씀이 평생을 살아가면서 나의 가슴 속에 남아 어떤 위치에서도 낙오자의 대열에 끼이지 않기 위해 최선을 다하고 있다.

잊을 수 없는 친구들

물리학과에는 네 명의 여자 친구가 있었다. 김화규, 김두희, 이경원, 이영희이다. 그중 김화규는 친자매 이상으로 사랑을 주고받으며 지내게 되어 객지 생활이 외롭지 않았다. 경기여고 출신의 두뇌가 명석한 문학소녀였다. 옥인동에 있던 방은 온통 책으로 가득 차 있었고, 명곡 음반으로 장식되어 있었다. 친구를 사랑하는 마음으로 내게 보내주는 장문의 편지는 마치 철학 서적을 읽는 것 같았다. 깊은 인생론에서부터 폭넓은 세상 이야기에 이르기까지 해박한 지식에는 배울 바가 너무나 많았다. 내가 시골의 교사로 재직할 때 화규는 자주 선물을 보내주어 나를 멋쟁이로 만들어 주곤 하였는데, 미국으로 건너간 후 소식이 끊겨 아무리 수소문해도 알 수 없어 안타깝기 한이 없다. 숙대 교수인 김두희 박사는 건강 관련 책을 엮어 보내주면서 나의 건강을 염려해 준 것을 깊은 우정으로 간직하고 있다. 이영희는 미국에 살고 있다는 이야기는 들었지만, 졸업 후 한 번도 만나지를 못했다. 서울시립대학에 재직 중인 이경원 박사와는 가끔 전화로 연락하며 과거를 회상하기도 하고, 집을 방문하는 등 옛정을 나누고 있다. 남자 친구 중에는 동향인으로 포항공대 학장이었던 김호길 박사, 삼보컴퓨터 회장으로 활약한 이용태 박사와도 가깝게 지냈다.

김호길 동기는 경상도에서 상경한 같은 처지의 아르바이트생으로 늘 시간에 쫓기는 학창시절을 보냈다. 어느 기말시험을 앞두고 문리대 중앙도서관에서 시험공부를 하고 있을 때, "공부 많이 해서 시험 잘 치이소." 하는 독특한 경상도 억양의 말소리가 들려 돌아보았더니, 마치 군복을 염색한 것 같은 허름한 옷과 덥수룩한 긴 머리의 김호길 동문이었다. 소나기가 쏟아진 후 활짝 갠 어느 날 오후, 교정 앞마당 잔디밭 위에 양반다리로 푹 주저앉아 흠뻑 젖은 옷과 머리는 아랑곳하지 않고 그 길쭉하고 약간 큰 가방 속에서 몇 권의 책을 꺼내어 한 장 한 장 넘기면서 물기를 닦아 햇볕에 말리던 모습이 퍽 인상적이었다. 방수가 안 된 책가방인지라 등굣길 소나기 세례에 안에 든 책들이 젖어 그랬던가 본다. 닦고 말리고 또 들여다보면서 책을 무척 소중해하던 그의 순수하고 진지한 모습을 잊을 수 없다.

서울대 문리대 졸업기념 1956. 3.

권영대 교수님, 윤세원 교수님과 동기생들. 1956. 우측에서 2번째가 본인

신명학교 교사 시절

꿀단지 사건

1956년도에 대학을 졸업하고 나는 모교인 대구 신명여고에 물리 교사로 취직이 되어 근무하던 때였다. 어느 날 오후 갑자기 아무런 사전 연락도 없이 몇 명의 동문들이 학교 사택에서 자취하고 있던 내 집에 불쑥 찾아왔다. "최 선생은 일찌감치 취직을 잘했으니까 오늘은 톡톡히 한턱내야 해요."라고 말했다. 스물네 살의 햇병아리 교사였던 나는 무척 당황했고, 갑작스러운 남자 동문들의 방문에 대접할 아무것도 없었던 터라 어떻게 해야 할지 몰라 그저 가만히 웃고만 있으니까 "정말 이러깁니까? 정 한턱 못 내겠다면 그냥 가야지요."라고 누군가 말했다. 그러자 김호길 동문이 "그냥이야 어떻게 갈 수 있겠소? 이 집에 아무것도 없어요?" 하며 이리저리 두리번거리다가 마침 방 한쪽 구석에 놓인 꿀단지 하나를 발견하고는 "이것 가져가 버릴까요?" 하길래 나는 속으로 정말 가져갈 수야 있을까 생각하며 "그럼 가져 가세요." 했더니 "좋아요." 하며 정말 그 꿀단지를 들고 나갔다. 그 뒤에 들은 얘기지만 조금 가다가 다른 친구들이 돌려주고 가자고 말했더니 "사내대장부가 한번 말했으면 실행에 옮겨야지." 하며 그 무거운 꿀단지를 진해까지 들고 가서 한바탕 웃음보를 터뜨리면서 모두 함께 나누어 먹었다는 얘기를 듣고 그의 남다른 대범함과 용기에 놀랐으며, 그날 이후 동문 간에 그것이 꿀단지 사건의 에피소드로 남게 되었다.

화재에서 얻은 교훈

대학 은사님께서 이화여대 물리학과 조교로 추천하여 주셨지만, 내가 신명여고 교사를 선택한 것은 교사로의 안정적인 보수와 사택까지 제공되었기 때문이었다. 동생 6명의 학비를 내가 감당하여야 하는 처지여서 무보수 조교로 갈 수가 없었다. 남산동 사택에 방 2개가 있었고, 중·고등학교에 다니던 동생 종선, 부수를 공부시키며 함께 살았고, 조카 경포도 와 있었던 때였다. 어느 늦은 밤, 동생들이 자는 건넌방에서 '찍찍' 하는 소리가 났지만 쥐가 있나 보다 생각했고, 자는 동생들을 깨우지 않으려고 나는 내 방에서 다음 날 수업 준비를 하고 있었다. 얼마 지나지 않아 불이 순식간에 번지고 나서야 이 심각한 상황을 알게 되었고, 물 대야를 들고 진화를 하러 건넌방으로 가려 했다. 건넌방에서 동생이 촛불을 켜고 공부하다 잠이 들었고, 촛불 앞에 널어둔 고무로 된 비옷에 불이 옮겨붙어 이불, 벽과 천장으로 불이 삽시간에 번졌다. 하필, 도둑이 못 들어오게 방안에 자물쇠를 걸어 잠그고 잤던 터라 방안에 갇힌 동생들은 열쇠를 찾을 겨를도 없었고, 나는 방으로 들어갈 수도 없는 긴박한 상황이었다. 다행히 종선이가 깨어 "불이야!"

소리를 지르고 부엌 아래로 통하는 작은 문을 통해 극적으로 탈출하여 참변을 면할 수 있었지만, 동생들은 머리카락도 그을리고 화재의 흉터를 갖게 되었다.

사택에서 불이 난 것이 알려지면 당장 쫓겨날 것 같아 새벽에 시장에 가서 벽지를 사서 온 방을 감쪽같이 도배해야 했다.

처음에 불이 고무에 붙기 시작하면서 찍찍 소리가 났을 때 진작 건넛방에 가보아야 했고, 또 자물쇠는 채우더라도 열쇠를 잘 챙겨 놓고, 물이나 소화기를 준비하여 비상 화재 시에 대비해야 한다는 뼈저린 교훈을 얻었다.

소중한 학습지도안

1956년 4월 10일, 나는 모교 신명여고 교사로 교직에 첫발을 디뎠다. 신명학교는 이 고장 여성 교육의 요람이며, 3.1 독립운동에 적극적으로 참여한 자랑스러운 애국 선배들의 혼이 담긴 학교이고, 내 인생의 꿈과 삶의 기초가 다져졌던 6년간의 정든 학교였기에 나는 즐겁게 교직생활을 할 수가 있었다. 생기발랄한 여고생들과의 하루하루가 무척 즐겁고 흐뭇한 날들이었다. 그러나 대부분의 여학생들이 싫어하고, 재미없어하고, 어려워하는 물리와 수학교사가 되고 보니, 어떻게 하면 그 고정 관념을 깨트리고, 재미있고 쉬운 과목이 되게 하느냐가 큰 숙제였다.

그래서 밤늦게까지 수많은 참고 서적들을 뒤적이며 연구, 분석하고 학습요소를 정선하고, 자료를 준비하며 학습지도안을 작성했다. 그 지도안이 나에게는 자신 있게 수업을 할 수 있는 큰 힘이 되었고, 제자들에게는 학습효과를 극대화해 재미있고, 쉽고, 그래서 기다려지는 물리 시간으로 만들어 주었다. 볼록렌즈를 들고 "내 코가 커졌다 작아졌다 한다."며 팔을 구부렸다 폈다 하고, 빛의 굴절과 굴절률에 따라서 영상의 크기가 변한다는 조리개의 원리를 재미있게 가르쳤다.

물리, 수학 수업뿐만 아니라 문예반에 초청되어 영시 강독을 하기도 하며, 뒤떨어진 학생들을 돕고, 또 빗나가는 생활태도를 보이는 학생을 상담하는 카운슬러(교도), 학생주임의 보직도 맡았다.

실력 있고 열심히 가르치는 교사, 마음이 따뜻한 교사, 자신감을 가진 당당한 교사가 되려고 혼신의 노력을 다했던 젊은 날에 전심전력을 다 해서 학생들을 지도했던, 15권이나 되는 학습지도안을 지금까지 소중하게 보관하고 있다.

지혜롭고 착하며, 진취적인 학생들과 함께한 세월은 내 젊음과 정열을 바친 소중한 시기로 내 일생에서 아름다운 추억으로 남아 있다.

걸스카우트 조직과 대집회

1956년에 처음으로 소녀대를 조직하여 불우 이웃돕기, 깨끗한 거리 만들기, 교통정리, 집회 행사 시 손님 안내 등으로 협동 봉사 정신을 배양하고, 국기 교육 등으로 애국심을 함양하였으며, 우애일 행사, 야영 캠프 등으로 극기 훈련과 국제 감각을 체험하게 하여 전국에서 최우수 소녀대로 평가받았다. 특히 창의적인 대집회 운영을 보고 이런 훌륭한 지도자가 있으니 한국을 세계 걸스카우트에 가입시켜도 되겠다며, 당시 참석하신 세계연맹 대표자로부터 좋은 평가를 받아 한국 걸스카우트가 1963년 세계 정회원국으로 가입하는데 결정적 기여를 하였다.

걸스카우트 세계위원 경북 방문 시 사무총장과 이사들.
1962년, 뒷줄 좌측서 4번째가 본인

신명 소녀단

1956년 신명소녀대(Girl Scouts)가 발족하였다. 최종덕 선생의 열성 있는 지도로 매주 1회씩 다양한 프로그램으로 내실 있게 운영되어 영남에서 최우수 소녀대가 되었다. 지도교사 최종덕 선생은 세계 훈련강사 자격증을 취득하여 전국 걸스카우트 훈련강사로 많은 활동을 하였다. 특히, 1963년 한국 걸스카우트가 세계 정회원국의 인준을 받기 위해 시범대집회가 열렸을 때 최종덕 선생은 경쾌한 음악에 맞춰 돌다리를 건너뛰면서 수학방정식을 푸는 기발한 아이디어로 세계 심사위원으로부터 격찬을 받고 지도자의 창의력이 인정되어 한국 걸스카우트가 세계 정회원국으로 추천되었다. 최종덕 선생은 한국 걸스카우트 발전에 큰 몫을 담당한 금성과 같은 존재였다.

-신명 백년사(1907~2007) -

남편과의 만남

나를 좋아하는 사람은 좀 많았던 것 같다. 학벌도 외모도 나쁘지 않았고, 학교 교사는 당시 선망하는 안정된 직업이었기 때문인 것 같았다.

그런데 우연히 경상북도 문교사회국에서 근무하는 박관식을 동료 교사로부터 소개받아 큰 기대는 하지 않고, 고등학생이었던 동생 부수를 데리고 만남의 장소에 나갔다. 그는 경북대학교를 졸업하고 대구여중에 근무하다가 경상북도청 문정과로 전직하여 근무하는 31세의 노총각이었다. 홀어머니를 모셔야 하는 외동아들에 누이가 셋이나 있어서 조건은 그리 탐탁하지 않았지만 이상하게도 마음이 끌렸다. 짜장면 한 그릇을 사 주면서 자신과 집안 이야기를 했는데 키가 크고 멋있을 뿐만 아니라, 말수는 적으나 진실된 모습에 믿음이 생겨서 만난 지 몇 달도 안 된 1959년 1월에 결혼식을 올렸다.

결혼식(제일예식장) 1959.1.20.

신혼 여행

부창부수(夫唱婦隨)

1월 20일, 제일 예식장에서 32세 노총각과 28세 노처녀가 결혼식을 올렸다. 결혼을 축하해 주신 많은 분들이 방명록에 가화만사성, 일심동체, 부귀다남 등 덕담을 남겨주셨다. 그중에서, 여고 시절에 국어를 가르쳐 주셨던 호랑이 곽대남 선생님은 '부唱부隨'라는 덕담을 남겨주셨다. 한자를 모르는 분 같으면 '부자를 한자로 쓰지 못해 한글로 썼구나.' 하고 생각했을 텐데, 국어를 가르치셨던 선생님께서 그렇게 쓴 데는 무슨 이유가 있을 것으로 생각되어 여쭤 보았다. 선생님은 한자로 夫唱婦隨는 남편의 뜻에 아내가 따르는 것이 집안의 화목을 가져온다는 것이지만, '부唱부隨'라고 글을 써준 것은 남편이든, 아내든 옳고 바르고 지혜로운 것을 먼저 주장하고 일을 시작할 때는 그 배우자의 뜻에 따를 수 있는 가정이 되라는 뜻이 담겨져 있다."라고 하셨다. 가정에서의 아내의 지혜와 역할이 요청되는 현시점에서 볼 때, 이미 그 당시에 그런 생각을 가지셨던

선생님이 더욱 존경스럽고, 우리는 선생님의 덕담대로 부창부수의 가정생활을 지켜왔다.

부창부수 부부, 매일신문 게재

여호와는 나의 피난처

대구 동인동에서 우리의 신혼생활이 시작되었고 진수, 병준, 미정이가 차례로 태어나 행복이 넘치는 시절이었다.

1968년, 나는 한국 걸스카우트 세계 훈련 강사 자격을 얻은 후 한국 대표로 선발되어 호주에 장기간 연수를 받으러 갈 준비 중이었는데, 남편이 며칠 전부터 배가 계속 아프다고 해서 병원에 갔다.

일주일의 검사 기간을 거쳐 맹장염이라며 간신히 수술 차례를 얻어 밤 10시에 수술실로 실려 갔고, 수술결과에 아무런 이의를 제기하지 않겠다는 보호자의 도장을 찍으면서 나는 불안감을 떨칠 수 없었다. 수술실로 가기 직전 맹장 수술은 한 두 시간이면 된다고 하면서 수술실로 따라오지 말고 자신이 누웠던 침대에서 푹 잠이나 자고 있으라고 하며 남편은 나를 안심시켰다. 그 검사 기간 입원실 부족으로, 나는 고3 수업을 마치고 퇴근 후에 환자의 침대 옆 의자에 앉은 채 새우잠으로 꼬박 밤을 새우곤 했는데 그런 아내가 안쓰러워서 했던 말이었다. 나는 그렇게 하겠다고 대답은 했지만, 그 침대에서 아무리 잠을 청해도 잠이 올 리 만무했고, 누웠다가 일어났다가 엎드려 기도했다가 해도 도무지 불안한 마음을 진정시킬 수가 없었다. 마침 남편이 누웠던 침대 머리맡에 있던 신·구약 합본 성경책을 무심결에 폈다. 성구 시편 91편이 내 눈앞에 펼쳐졌다.

"지존자의 은밀한 곳에 거하는 자의 전능하신 이는 저가 너를 새 사냥꾼의 올무에서와 극한 염병에서 건지실 것임이로다. 저가 그 깃으로 덮으시리니 네가 그 날개 아래 피하리로다. 너는 밤에 놀램과 낮에 흐르는 살과 흑암 중에 행하는 염병과 백주에 황폐케 하는 파멸을 두려워 아니하리로다. 천인이 네 곁에서 만인이 네 우편에서 엎드러지나 이 재앙이 네게 가까이 못하리로다." 하나님은 엄청난 사건 속에서 나에게 이 귀한 성구 말씀을 예비해두셨던 것 같다. 정신을 조금 차리고 나서 나는 고개를 저었다. '아니야, 아니야. 결코 그럴 수는 없을 거야. 얼마나 정직하고 착하게 살아온 사람인데 무슨 죄가 있다고.'

나는 어제저녁 읽었던 시편 91편을 상기했다. "만인이 네 우편에서 엎드러지나 이 재앙이 네게 가까이 못하리로다. 여호와는 나의 피난처시라."

"오, 여호와 하나님! 저가 나를 사랑한 즉, 내가 저를 건지리라. 주여, 사랑합니다. 저를 건져 주소서. 저가 간구하오니 응답하여 주시옵소서. 저희 환난 때에 내가 저와 함께하여 저를 건지고 영화롭게 하겠다고 약속하신 여호와 우리 아버지여! 건져 주시기를 간구합니다."

수술실 앞 복도에 앉아 눈물 어린 기도를 얼마나 간구하였는지 모르겠다. 나는 그때 시편 91편 구절 구절을 확실히 믿고 싶었고, 하나님은 선량하게 살아온 사람을 결코 버리지 않으실 것이라는 것을 확신하면서 일어섰다.

'만인이 엎드러지나 그 재앙이 네게 미치지 아니하리라'를 수십 번 외우며 울며 회복실 앞에 갔다.

저녁 10시에 들어가서 새벽 4시에 피곤한 모습으로 나오셨던 과장님이 나에게 말씀하셨다. "석 달밖에 못 살아요. 사는 동안 잘해 드리세요."

정말 청천벽력같은 말을 종합병원의 유명한 외과 의사가 너무도 쉽게 말한 사형 선고는 나를 그 자리에서 정신을 잃고 털썩 쓰러지게 했다.

달걀만 한 암 덩어리 세 개를 절제했다고 수술에 참여했던 한 의사 선생님이 귀띔해 주었을 때 나는 시편 91편을 믿으면서도 또 한편으로는 불안하기 그지없었다. "내가 정신을 차려야 아이들과 60세가 넘으신 시어머님을 살리지." 하면서 이를 깨물었지만. 나는 신앙심이 약한 탓인지 그 외과 과장의 말에 마음이 흔들려 어찌할 바를 몰랐던 그 순간들의 심정을 어찌 다 표현할 수가 있단 말인가? 생명을 주신 자도 여호와시고, 취하시는 자도 여호와이심을 믿고, 또 아무리 유명한 의사도 하나님의 치유의 역사엔 아무것도 아님을 깨닫게 되었다.

그로부터 50년이 지난 지금까지 남편은 건강하게 활동하고 있으니 생명을 주시는 자도, 치유하시는 자도 여호와 하나님이심을 내 체험을 통해 확신하며 절망의 늪에서도 나와 우리 가족에게 새 삶을 가지게 했던 시편 91편을 간증하게 된다.

진수와 1962.

병준 돌 기념 1964.

실패한 미국 생활

1970년 3월, 신명학교에 휴직계를 내고 미국으로 떠나는 큰 결단을 내렸다. 해이해진 마음과 어둔해진 두뇌를 재충전하기 위해 공부를 더 하고 싶었고, 남편의 건강진단도 제대로 받고 싶었기 때문이었다.

LA에는 친가족처럼 친하게 지내던 남편의 열 촌 여동생인 박성식 사모와 남편인 정시우 목사님이 계셔서 정착을 위해 많이 도와주셨다. 그러나 우리는 특별히 돈을 여유 있게 갖고 간 것도 아니고, 공부하며 돈을 벌어야 했기에 미국 생활이 녹록하지 않았다. 1970년 4월부터 1년간 캘리포니아 비즈니스 칼리지를 다녔고 이후 대학원에 진학하고 싶었으나, 삶이 어려워지고 어학의 기초가 부실하여 뜻을 이루지 못하였다. 언제 돌아가도 직장이 보장되어 있는데 이렇게 고난을 겪으면서 시간을 허비할 필요가 있나 하는 고민으로 마음이 괴로웠다. 그러다가 한국에서 문제가 생겼다. 우리가 미국에 와 있는 동안 정기적으로 생활비를 시어머님께 보내도록 돈을 남편의 친한 친구에게 맡겼는데, 친구가 이 돈을 갖고 잠적하였기에 시어머님과 삼 남매의 생활은 몹시 어렵게 되었다는 소식을 듣게 되었다. 한국에서 고생하고 있을 시어머님과 초등학생 삼 남매에 대한 생각에 마음이 너무 아파서 비참한 심정으로 미국 생활을 2년 만에 청산하고 귀국을 결심하게 되었다.

퇴직금과 교문 옆에 세워진 시계

미국에서 귀국한 후 신명학교에서 교사생활이 다시 시작되었으나, 사립학교는 승진의 기회가 많지 않아 공립학교로 옮기기로 결심하고 1973년 3월 정든 모교 신명학교를 떠나게 되었다.

모교인 신명여고에서 1956년부터 15년간 근무하고 퇴직할 때 받았던 나의 퇴직금은 그 당시 돈으로 약 48만 원 정도였다. 이 퇴직금으로 내 모교를 위해 해 줄 수 있는 일이 뭐가 있을까 하고 궁리한 끝에 내 마음을 아프게 하였던 한 장면이 떠올랐다. 그 당시만 해도 시계가 귀했던 때라, 많은 학생들이 정확한 시간을 알지 못해 지각을 하고, 수위실 앞 언덕길에 꿇어앉아 꾸중을 듣는 학생들의 모습이 떠올랐다. '그래. 시계를 기증하자.' 이렇게 작정한 나는 그 당시 꽤 비쌌던 '대형 세이코 시계'를 학교에 기증하였고, 그 시계는 아직까지 모교의 수위실 옆에 세워져 신명의 딸들의 발걸음을 재촉하고 시간을 아껴 열심히 공부하라는 내 마음을 전해주고 있다. 신명학교는 학생으로 6년, 교사로 15년 넘게 근무하며 내 젊음과 사랑을 쏟아부었던 곳으로 제자들과 함께 내 가슴속에 늘 살아 있으며, 숱한 아름다운 추억이 서려 있는 영원한 내 마음의 고향이다.

경북학생과학관 근무 시절

후코진자 제작

1975년부터 2년간은 경북 학생과학관에서 파견근무를 하게 되었다. 그 당시 경북 학생과학관은 전국에서 최대의 설비와 실험기구를 갖추고 많은 연구원이 있었으나 여자는 내가 홍일점이었다.

학생과학관 재임 중 1일 과학교실 운영, 라디오 조립 경연대회, 주부 생활 과학 강연, 가전제품 수리 기술교육, 25개 시·군 과학기자재 점검 및 시범 수업 등을 실시하였으며, 그중에서도 고층 건물에 설치할 후코진자의 제작 및 움직이는 괘도(moving chart) 작성 등은 심혈을 기울인 작품이었다. 납으로 된 추를 사기 위해 온 철물상을 다 돌아다녔으며, 추를 매다는 철사도 한 달 이상 고물상을 누볐다. 재료 준비에만 한 달, 제작에 6개월이 걸려 퇴근 시간은 매일 밤 11시였다. 그 노력의 결과로 전국 과학전에서 교육부 장관상과 국방과학연구소장상을 받았고 그 작품은 서울 어린이대공원 현관에서 지구의 자전을 입증하며 흔들리고 있다.

후코진자 제작 실험 장면 1975.

위대한 과학자 초상화 제작

교과서에 나오는 위대한 과학자에 대한 여러 가지 사진을 수집하여 그중 대표적인 좋은 사진을 골라서 물리. 화학. 생물학자별로 초대형 초상화를 만들어 과학관의 1층에서 3층까지의 벽면에 36장을 걸어서 학생들과 관람자들에게 과학자를 존경하는 마음과 과학에 대한 관심을 배양하고 그 복사본을 전국의 여러 기관과 학교에 기증하였다. 요즘에는 쉽게 위인의 사진을 인터넷에서 다운로드 할 수 있지만, 그 당시에는 일일이 초상화를 제작하느라 많은 시간과 노력이 들었다.

한편, 많은 사람들이 과학관을 참관하였는데 그중 기억에 남는 것은 영친왕비 이방자 여사의 방문이었다. 내가 일본어로 재미있게 설명해 드릴 때 진지하게 듣고 많은 질문도 하셨고 고마움을 표현하셨다.

영친왕비 이방자여사. 과학관안내 1975.5.

최종덕 여사, 전국과학전 장관상 수상

여성은 특히 과학 공부를 싫어하는 것이 보통인데 최종덕 여사는 달랐다. 15년간의 교단생활에서 특히 여성의 과학 교육을 위해 정성을 쏟았고. 여성이 과학적인 사고방식을 갖고 합리적인 생활을 할 때 가정과 국가가 모두 윤택해질 수 있다는 것이 최 여사의 주장이었다.

우주 삼라만상이 오묘한 법칙에 의해 움직여지고 있음을 알게 될 때 인간은 더욱 인간적인 모습을 찾게 되고. 종교인은 더욱 신앙심이 깊어지며 과학자는 더욱 큰 열의를 갖고 연구하게 된다고 말한다.

최 여사는 고등학교 1학년 때 제1회 전국과학전에 출품을 하게 된 것이 과학 연구직으로의 방향을 굳히게 되었다고 한다. 대학에서 원자핵물리학을 공부하였고 전공 학사 논문은 원자탄의 원리(연쇄반응)에 관한 연구였다고 한다. 최근 2년간을 경북 학생과학관에서 학생 실험지도를 하고 있다. 과학은 연구할수록 그 신비로움에 더 깊이 매료되는 것이라 말하는 최 여사는 과학 하는 자세는 어릴 때부터 호기심과 꿈을 많이 가지는 것이라며 퀴리 부인이 되고 싶었던 최 여사의 꿈은 20여 년간의 교단 및 연구직 생활에서 차츰 그 꿈에 접근하는 희열을 갖게 되었다고 한다.

연구에 열중하다가 끼니를 잊게 되는 것은 물론이고 자녀들의 얼굴을 며칠씩 못 보게 되기도 하는 어려움이 있으며, 이번 과학전 출품작을 만들 때는 며칠씩 밤샘을 했다고 고충을 털어놓기도 했다. 이런 어려움 속에서 문제작을 제작하게 됐을 때 가족이나 친구들이 염려하는 체중 감소 같은 것이 본인에게는 전혀 문제가 안 되었다고 한다. 우리는 과학의 혜택을 많이 입고 있으면서 과학기술의 중요성을 잊고 있다고 말하며 과학 발달이 국력의 척도가 된다고 다시 한 번 강조했다.

영남일보 기사 1974. 10. 31.

한편, 과학관 근무를 하면서 촌음을 아껴 경북대학교 교육대학원에서 「인력개발을 위한 여자중등학교 직업지도에 관한 연구」로 교육행정학 석사학위를 받았다.

경북대학교 교육학 석사학위 취득 후 1976. 8.

국기 교육과 애국심 고취

  국기는 국가의 상징으로서 그 속에는 민족의 얼과 역사와 건국이념이 담겨 있으므로 태극기를 구심점으로 총화 단결하여 국가발전을 기해야 할 필요성을 절감하고, 애국심 고취 차원에서 국기에 관한 문헌과 자료를 집중적으로 조사·연구하였고, 25개 시·군 교육청의 장학사, 각급 학교장과 사회단체, 교육청 간부의 부인으로 조직된 청자회원, 2군사령부의 장병, 일본 오사카 거류민단 등 수 많은 집회에서 국기 교육을 실시하였다.

일본 거류민단에서 국기교육 1976.

계성초등학교 교장 시절

70년 역사 잇는 첫 여교장

1976년에 영천여중 교감발령을 받고 머지않은 장래에 고등학교 교장이 되기를 바라면서 열심히 살았으나, 그 기간에 지방에서 근무하게 되면 삼 남매와 떨어져서 살아야 하므로 뒷바라지가 어려울 것 같아 고민하고 있을 때 계성초등학교 교장을 맡아 달라는 요청이 들어왔다. 심사숙고 끝에 기도하면서 1977년 3월 계성초등학교 교장에 취임하였다.

교장실 벽에는 두 개의 성화와 성구를 담은 족자, 즉 다시 찾은 한 마리의 양을 안고 있는 예수님의 모습과 온통 땀방울로 얼룩진 예수님의 얼굴, 그리고 "죽도록 충성하라."는 성구를 걸어두고 사랑과 믿음을 다짐하였다.

계성초등학교 교장 취임 1977. 3. 31.

계성초등학교 교장 취임사

공사 간 다망하심에도 불구하고 저의 취임을 축하해 주시기 위해 왕림하여 주신 여러 귀빈께 진심으로 감사를 드립니다. 부족한 저에게 이 전통에 빛나는 계성국민학교의 교장으로 불러주신 신태식 이사장님과 여러 이사님에게 감사를 드리며 한편 무거운 책임감을 느낍니다. 이 모든 것이 하나님의 특별하신 뜻으로 알고 '내게 능력 주시는 자 안에서 능치 못함이 없으리라'는 성경 말씀을 믿고 기도하며 혼신의 힘을 다해 헌신 봉사하겠습니다.

계성 어린이 여러분에게 특히 강조하고 싶은 것은 기독교 정신에 바탕을 둔 어린 신사 숙녀가 되어 달라고 하는 것입니다. 여러분은 미래에 이 나라의 주인공이 될 푸른 꿈과 계성의 자랑스러운 어린이라는 긍지를 가지고 바르게, 슬기롭게, 튼튼하게, 사이좋게 잘 자라서 여러분의 가정과 계성을 빛내고 나아가서는 이 나라를 빛내는 훌륭한 사람이 되어 주기를 바랍니다.

학부모님 여러분! "교육은 어머니의 무릎에서 시작된다."고 말한 영국의 학자 발로의 말과 또 독일의 학자 헤르바르트는 "한 사람의 어진 아버지와 어진 어머니는 백 사람의 교사에 필적한다."고 했습니다. 이것은 부모님의 교육에 대한 올바른 이해와 관심과 직·간접적 가정교육의 중요성을 가장 잘 표현한 말이라고 생각됩니다. 가정교육을 기반으로 국민학교에서 기초학력을 잘 닦아서 안정된 정서, 그리고 시비와 선악의 판단을 잘할 수 있도록 기반을 닦아 놓으면 그들의 일생은 성공하리라고 확신합니다.

이런 의미에서 인생의 판가름은 국민학교 시절에 결정된다고 해도 과언이 아니라 확신합니다. 저에게 맡겨주신 소중한 학생들을 내 친자식처럼, 교사들을 내 친형제처럼, 학교를 내 가정처럼 정성을 다해 알뜰히 보살피고 무한한 가능성과 가소성을 가진 계성의 어린 보배들을 올바르게 교육하여 훌륭한 사람이 되도록 제 심혈을 바칠 것을 다짐하면서 여러분들의 끊임없는 기도와 성원을 간곡히 부탁드립니다.

하나님의 축복이 우리 모두에게 늘 함께하길 빌면서 취임사에 갈음합니다.

1977. 3. 31.

70년 역사 잇는 첫 여교장

계성학원 70년 역사에서 최초로 발탁된 여교장 최종덕 여사는 계성의 전통 계승과 학교 발전을 위해서, 많은 기대와 관심을 모으고 있다.

신명여고, 서울大 문리대 물리학과와 경북대학교 교육대학원에서 교육행정을 전공했고, 미국의 하버시 크리스천 스쿨에서 교편을 잡은 것을 비롯하여 모교인 신명여고, 학생과학관, 영천여중 교감을 거친 최 교장은 "국민학교에서 알찬 기초학력과 원만한 인격 형성을 해놓으면 그다음 교육은 저절로 해결된다."며 초등교육의 중요성을 강조했다.

"교육은 어머니의 무릎에서 시작된다. 한 사람의 어진 어머니나 아버지는 백 명의 스승에 필적한다는 명언은 가정교육의 중요성을 시사하는 것"이라 지적하고 자녀의 학교 교육에 대한 부모의 올바른 이해를 촉구했다. 또한 "어릴 때의 신앙심이 평생을 좌우한다면서 기독교 정신을 바탕으로 하는 국가 의식을 길러줄 것을 다짐하기도 하였다."

최 교장은 할머니가 고향에 교회를 설립하셨고 고모가 신명여고에서 독립운동에 참여한 기독교 가정을 성장 배경으로 하고 있다. "노인에게서는 아름다운 전통을, 어린이에게서는 무한한 가능성을 찾으라."는 말을 인용하면서 아이들 속에 있는 무한한 생명의 에너지가 교사나 부모의 잘못에 의해 헛되이 되지 않도록 잘 교육하라는 하나님의 부르심이라고 소명감을 표현했다.

1977. 4. 영남일보

교육의 선진화 추진

부임 후 얼마 되지 않았을 때, 교장실을 찾아온 몇몇 손님들이 교장을 찾길래 "제가 교장입니다."라고 해도 못 믿겠다는 듯이 "아니, 남자 교장일텐데…." 하며 주저하고 멋쩍어 한 일이 있었는데, 그때마다 어떤 남자 교장보다도 더 멋지게 교장업무를 수행해야지 하는 결심과 의욕을 다졌다.

교장 취임 후 가장 먼저 한 일은 당시 성행하던 교사의 과외수업을 철저히 금지하고 부당한 금품 수수를 하지 않겠다는 각서를 받아 교육의 정상화를 시도하였다. 과외 수업이 상당한 부업이었던 선생님도 계셔서 많은 반발이 있었지만, 교육의 정도(正道)를 닦겠다는 결심은 확고했다.

전교나 학급의 임원 임명제를 민주주의 교육의 첫걸음인 선거제로 전환하여 민주 시민 훈련의 기초를 닦았으며 한 사람 한 사람의 소질을 계발하여 전교생 시상제를 실시했다.

교육의 선진화에 심혈을 기울여 다른 학교에서는 생각조차 하지 못하였던 컴퓨터 교육을 1980년부터 시작해 1984년에는 전국 소프트웨어 경진대회에서 재학생이 대통령상을 수상하였다.

어린이들의 아름다운 품성을 길러주기 위해 합창부를 조직하여 전국 합창 대회 금상을 비롯해 대구시 대회에서 11회에 걸쳐 최고상을 받는 등 정서 순화 교육에도 큰 성과를 거두었다.

학교의 공원화, 꽃학교, 늘 푸른 학교 가꾸기에도 혼신의 힘을 기울여 1989년에 '제1회 아름다운 학교 전국 대상'을 수상하였으며, 교사들의 투철한 사명감을 고취하여 스승으로 존경받는 교육풍토를 조성하고 교육을 바로 이해하고, 내 자식과 더불어 남의 자식도 소중하다는 의식을 심어 주기도 했다.

또한, 특수 재능아 중심의 미술, 서예, 문예 등의 소 전시회를 전교생, 전 교사, 학부모 그리고 해외 자매교 어린이까지 참여하는 '열린 가을 종합 대전시회'로 전환하여 큰 성과를 거두었다.

한국 우주정보소년단을 창단하여 각종 기능 경진대회, 과학캠프, 해외 우주캠프 참가를 주도했고, 특히 1994년 우크라이나 공화국에서 주최한 우주소년단 세계대회에 참가해 최우수상을 받았다.

그리고 1980년 5월 13일부터 1997년 8월 말까지 계성유치원장을 겸직하면서 유아교육의 내실화 및 시설의 현대화에 주력하였다.

계성초등학교 개교 30주년 종합전시회 1993. 10.

사람 살린 계성 신호등

육교도, 지하도도 없었던 1978년, 학교 앞에는 신호등이 없었다. 그래서 대구 전역에서 통학하는 계성 학교 학생에게는 커다란 걱정거리였고, 교장으로서도 늘 불안하고 어린이들의 안전이 염려스러웠다. 등·하교할 때에 한 번 만에 길을 건너지 못하고 달려오는 차를 보곤 길을 건너려다 뒤로 물러서고, 또 건너려다 물러서는 어린이들의 모습이 몹시 안타까웠고, 그 길을 지나던 행인 한 분이 차에 치여 운명하였다는 소리를 듣고는 신호등을 꼭 세워야겠다고 결심하게 되었다. "불가능은 없다, 한번 대책을 세워 보자." 하고 결심한 뒤, 현장 조사에 들어갔다. 한 달 동안 러시아워 시간에 교문 앞을 통과하는 차량 대수를 파악하고, 교문 앞 주민들, 어린이들, 학부모들의 의견을 수렴하여 대구시장님을 찾아가 신호등 설치를 부탁드렸다. 그러나 대구시에서는 30m 거리에 있는 도로에 이미 신호등이 설치되어 있고, 교문 앞에 대형 차량 통행이 빈번한 화물 운송 회사가 있는 관계로 신호등 설치가 불가능하다는 것이었다. 하지만 '한 생명이 천하보다 귀하다'는 성경 말씀을 붙잡고 틈만 나면 시청으로 가서 시장님을 설득하였으나, 그때마다 시장님은 불가능하다고 말씀하셨지만 나는 의지를 굽히지 않았다. 마침내 한 달여 계속된 끈질긴 노력에 감동한 시장님의 승인이 났을 때의 기쁨은 말로 다 표현할 수 없었다. 그 신호등은 우리 계성 어린이뿐만 아니라, 대신동 주민들, 특히 서문시장 상인들이 더 좋아했고, 학생들은 안전하게 등·하교를 할 수 있게 되었다.

신호등이 세워지고 16년이 흐른 뒤, 그 신호등이 15명의 어린이와 두 분의 선생님, 길 건너 천막사에서 일하는 직원 2명의 생명을 살렸을 줄이야 누가 예상이나 했겠는가!

유치원 버스 기사가 하교 시에 계성 유치원 어린이 15명과 교사 두 분을 차에 태운 뒤, 차를 경사가 심한 들길 언덕에 잠시 세워 놓고, 앞 가게에 들른 사이에 맨 앞에 앉았던 한 어린이가 자동차 사이드 브레이크를 만지며 장난을 쳐서 버스는 경사길에 가속이 붙어 밑으로 미끄러지기 시작했다. 그 순간 하교 시 어린이들을 데려가려고 기다리던 어머니들이 "아이고, 어쩌나? 저런, 저런!" 하면서 발을 동동 구르며 고함을 질렀지만 차는 계속 내리막길을 빠르게 굴러 내려가고 있었다. 교문 앞은 4차선 도로로 많은 차들이 질주하고 있는데 속수무책이었다. 그때, 신호등이 빨간 불로 바뀌어 달려오던 많은 차들이 정지하게 되었고, 가속으로 미끄러져 내려간 버스는 대로를 지나 건너편 천막상 앞에 서 있는 화물차 뒤편에 부딪히고는 가까스로 멈추어 서게 되었다.

만약 그 신호등이 없었더라면…. 이 모든 것은 우리 계성 동산을 지켜주신 하나님의 은총으로서 예비해 주신 여호와 이레에 감사드릴 사건이었다. 지금도 그때 그 버스를 탔던 선생님과 숨 막혔던 그 순간을 생각하며 하나님께서 지켜 주셨음을 감사하고 있다.

어느 아버지의 사랑의 묘약

교실에서 공부해야 할 여학생이 수심에 가득 찬 얼굴로 교장실 문을 두드렸다. 평소에 신입생이나 전학생의 학교생활 적응에 많은 관심을 가진 나는 그 학생이 미국에서 전학 온 학생임을 한눈에 알아보고 "샛별아, 어쩐 일이니?" 하고 물으니 그 부모님이 "죄송합니다만, 우리 아이가 도저히 이 학교에 다닐 수 없어 오늘 전학을 시키려고 왔습니다."라고 했다. 나는 가슴이 철렁해서 자초지종을 물었더니 같은 반 여학생이 이 아이를 따

돌리고 괴롭혀 아이가 학교 기피증이 생겨서 다시 미국으로 보내야 할 것 같다고 하셨다.

당시 학교 폭력이나 괴롭힘 등에 관한 신문 보도를 보면서 늘 우리 어린이들에게 항상 서로 사랑하라고 훈화했었는데 당황하지 않을 수 없었다. 그렇게 매일처럼 "서로 사랑하라, 서로 존중해라, 사이좋게 지내라."라는 나의 가르침이 어린이들의 마음속에 새겨지지 않았음에 나는 어이가 없었고, 아이를 옆에 앉히고 물어봤다.

"샛별아, 만약 네가 다른 학교로 전학을 간다면 너를 괴롭힌 그 친구의 생각이 너의 머리에서 싹 없어질 것 같으니?" 그랬더니 "아니요."라고 고개를 저었다. "그렇지? 그럼 만약에 네가 미국이나 다른 학교로 전학을 가면 너를 괴롭혔던 친구가 훗날 커서 어른이 되어 초등학교를 추억했을 때 너 같으면 어떻게 생각하겠니?" 하고 물으니 아이는 "가슴이 아플 거예요."라고 했다. "만약에 그 친구가 잘못을 사과한다면 받아주고 다시 사이좋게 지낼 수 있겠니?" 하고 묻자 아이는 그러겠다고 대답했다. 그래서 상대 여학생 집에 전화를 했다.

얼마간의 시간이 지난 후 괴롭힌 아이의 아버지가 오셨고, 잠시 서로 인사를 나눈 후에 자리에 앉았지만, 기분이 좋을 리 없었던지 묵묵부답으로 앉아 계셨다. 그때 괴롭힌 아이는 아버지가 들어오자 "아빠!" 하는 모양이 가정에서 너무 공주처럼 귀하게 키웠고, 공부도 잘하니 우월감이 없지 않은 듯했다. 나는 괴롭힌 아이에게 말을 하기 시작했다. "너는 가정도 좋고 공부도 잘하는데, 친구를 그토록 괴롭혔다니 믿어지지 않는구나. 만약 너도 중·고등학생, 대학생이 되고 먼 훗날 어머니가 되어 초등학교 시절을 회상하게 되었을 때 너 때문에 샛별이가 학교를 못 다니고 전학을 갔다면 그것을 잊을 수 있겠니?" 하니 "아니요. 못 잊을 것 같아요."라고 했다. "그렇지? 그러면 샛별이에게 잘못했다고 용서를 빌고 앞으로 서로 사랑할 수 있겠니?" 하고 물었더니 "예, 그렇게 하겠어요."라고 대답하였다. 샛별이의 아버지는 자기 딸을 그토록 괴롭힌 은별이를 얼싸안으며 "은별아, 이 아저씨는 네가 나쁜 아이인 줄 알았는데 만나보니 똑똑하고, 예쁘고 참 좋은 아이구나. 너를 더 많이 사랑하지 못한 우리 샛별이의 잘못도 있겠지. 이제부터 서로 사랑하고 더 잘 지내다오." 하시며 엉엉 우셨다. 그러자 그 옆에 앉아 계시던 샛별이의 어머니도 흐느꼈고, 두 아이들도 울기 시작했다. 그때 무표정하게 앉아 계시던 은별이의 아버지 눈에도 눈물이 글썽해졌다. 이 광경을 보던 나도 물론 눈물을 금할 수 없었다. 두 아이의 손을 잡고 서로 화해시켜 교실로 보냈지만, 괴롭힘을 당한 아이의 아버지가 하신 천사 같은 행동이 내게 진한 감동으로 남았다. 그 후 두 아이 모두 6학년 졸업 때까지 서로 사이좋게 잘 지냈다.

사랑은 미움보다 훨씬 강한 힘이 있었음을 되새겨 보고, 오늘날 학원 폭력으로 고심하는 모든 사람들에게 이 사랑의 묘약을 전하고 싶다.

권사 취임

1981년에 계성교회에 권사로 취임하였다. 은사 신연식 교수님, 전갑규 여사님, 후배 박병희 교수 등 많은 분이 와서 축하해 주셨다. 내 능력으로 되는 것이 아니라 하나님이 역사하시고 예비하심을 생각하며, 기도하고 감사하며 취임하였다. 계성교회가 계성학교 발전의 원천이 되기를 바라며 계성학교 어린이들이 창조주 하나님을 알게 하기 위해 학교상 및 학급명칭을 믿음, 소망, 사랑, 화평으로 정하였으며 강당 입구에는 "너희는 먼저 그의 나라와 그의 의를 구하라."라고 하는 성구를 부착하여 어린이들에게 창조주 하나님의 말씀을 깨닫고 신실한 믿음을 갖게 하였다.

계성교회 권사 취임 축하 1981.

자매학교 결연

1983년 일본 북해도 삿포로 시립 야마노데 미나미 소학교와 자매교 조인식을 가진 후, 우리는 상호 학교를 방문하여 수업 참관, 박물관견학, 교육정보 교환 그리고 민박을 통해서 가정생활과 풍습을 익히고, 아동 상호 간의 우정은 물론, 서로의 문화를 배우는 등 한. 일간의 문화 교류와 우호 증진을 도모하고 국제화 교육에 큰 기여를 하였다.

또 1988년에는 미국 L.A에 있는 월셔 한인 장로교회 부속 월셔 한인 학교 초청으로 월셔 한인 학교를 방문하여 자매결연 조인식을 가진 후, 1991년 5월 미국 자매교 교장이 본교를 방문하고 1996년 본교 교장 및 교사들이 미국 자매교를 방문하여 한미 문화 교류, 한민족의 주체성 함양, 양교의 우호 증진 및 교육 정보 교환을 하는 등 자매교와 서로 우의를 더욱 다져나가면서 세계 평화에 기여하는 좋은 체험과 견문을 넓히며 국제화 교육을 강화하였다.

일본 삿포로 학교 자매결연 조인식 후 1983. 11.

일본 삿포로 자매교 친선 방문 1989. 1.

뜨거운 인류애를 절감하면서

여러분! 안녕하십니까?

1989년 1월 26일부터 3박 4일의 일본 친선 방문은 저희 일생 잊을
수 없는 아름다운 추억이 되었으며, 북해도 많은 분들의 친절과 뜨
거웠던 환영에 국경을 초월한 뜨거운 인류애를 절감하게 된 값진
기회가 되었습니다.

우리가 자매교를 방문했을 때 우리 태극기와 "안녕하세요?"라는
한글을 보는 순간 어린이들의 눈망울은 더욱 빛났습니다. 전교생
과 첫 만남, 한일 어린이 정상회담, 우리 계성 교가를 그들이 정확
하게 불러주었을 때는 눈시울이 뜨거워졌으며 수업 시간에 한국
역사와 서예 시간에 변치 않는 '우정'이란 글귀, 작은 일 하나에서
부터 모든 계획이 치밀하고 정성스럽게 계획되었으며, 스키장, 소
년 과학관 견학 마지막 밤의 합숙 등 참으로 자상하고 흥미진진하
고 창의적인 계획이었기에 말과 글은 통하지 않았지만, 너무나 정

이 들어 "또 만나요."/ "사요나라."를 교환하며 서로 눈물로 떠나왔던 것입니다.

북해도는 벌에 쏘인 것 같은 매서운 추운 곳이었지만, 사람들의 마음은 봄날처럼 화사하고 따뜻하고 친절함에 감탄하였으며, 경제 대국인 일본 어린이들의 근검절약 정신에 우리도 더 절약하고 더 친절해야겠다고 다짐했습니다. 참으로 가까우면서도 멀었던 옛날의 생각을 떨쳐버리고 이제 서로 사랑하며 '온 인류는 하나', 사랑은 어떤 장벽도 국경도 초월할 수 있다는 교훈을 가슴에 지니고, 우리 양교가 더욱 우의를 다져 세계 평화에 이바지하는 한 조그마한 사절 역할을 한 뿌듯함을 느끼면서 더욱 한일 관계가 가까워지기를 빌었습니다.

특히 짧은 일정 속에서 그곳 교장 선생님들과의 교육 심포지엄에서 자료 발표할 기회를 얻게 된 것을 고맙게 여깁니다.

또 스키장에 가기 전 제가 감기 걸릴까 봐 따뜻한 잿덩이를 제 가슴에 넣어주시고 털모자 스키복을 챙겨주셨던 여자 선생님들, 그리고 눈보라에 떨고 서 있던 저에게 "감기 들면 안 됩니다." 하며 오버코트를 벗어 걸쳐주셨던 J.C. 이사님 등 많은 분의 따스한 마음을 통해서 뜨거운 인류애를 절감하였으며, 영원히 아름다운 추억으로 승화될 것입니다.

거듭 감사의 인사를 드리면서 건승을 기원합니다.

일본, 자매학교 방문 인사 1989. 1.

축복의 만나당

　교육활동이나 교육 시설들은 다른 학교에 비해 앞서가고 있는데, 어린이들의 건강한 발육에 중요한 급식소의 설치만은 다른 학교에 비해 많이 늦은 감이 있어 항상 기도하고 있었다.

　학교 이전 문제와 도시 계획선이 급식소 설치 부지에 그어져 있는 관계로 지연된 점도 있지만, 본교 교사 건물이 30년 전에 지어진 관계로 공사장으로 굴착기나 중장비가 진입할 수 없을 정도로 길이 좁은 것이 늦추어진 가장 큰 이유였다. 정년을 한 해 앞둔 시점이었지만, 어린이들에게 마지막 선물을 남겨 주어야겠다는 마음과 어린이들과 선생님들이 매일 도시락을

　가지고 오는 것을 보면서 늘 미안하고 안타까웠던 마음이 겹쳐져 급식소 건립을 적극적으로 추진하게 되었다. 신일희 총장님께서 재정 지원을 해 주시고 학부모님들 또한 주방 시설비를 기꺼이 맡아 줌으로써 참 아름다운 급식소의 준공을 보게 되었다. 보다 위생적이고 실용적인 깨끗한 급식소 건립을 위해 시내 10여 개의 학교 급식소를 방문하여 그 장점들을 취합하여 건립에 참고하였으며, 주방기구 역시 가장 질이 우수하고 튼튼하며 가격이 저렴한 것을 사기 위해 대구 시내 전역을 누비기도 하였다.

　이 아름다운 급식소에 어울리는 급식소의 이름이 어떤 것이 좋을까 고민하는 가운데 어린이들과 교직원들에게 이름을 공모하기로 하였다. 많은 분이 응모하였고, 절대다수의 찬성으로

내가 작명한 '만나당'이 가장 좋은 이름으로 선정되었다. '만나'란 이스라엘 백성이 출애굽 하여 기나긴 광야 생활을 할 때 먹을 것이 없어 지도자 모세를 원망하자, 하나님께서 하늘에서 만나를 내려줘 이스라엘 백성이 배부르게 먹었다는 성경에 나오는 과자와 같은 음식 이름이다. 이 급식소를 드나드는 계성 어린이들과 교직원들의 인생에 만나와 같은 하나님의 축복이 가득하기를 바라는 간절한 마음에서 작명을 하였다. 비록 나는 그 따뜻한 음식을 많이 먹어보지 못하고 퇴임을 하게 되었지만, 우리 계성 어린이들과 교직원들이 오손도손 맛있게 식사하는 모습을 보면서 무한한 기쁨을 느낀다.

만나당 급식소 개소식 1997. 5.

계성초등학교 교장 퇴임사

하나님의 크신 사랑과 여러분들의 따뜻한 성원으로 오늘날까지 맡은바 직분을 잘 감당하고, 이제 보람과 감사를 가슴에 안고 기쁜 마음으로 교직을 떠나게 된 것을 영광스럽게 생각합니다.

1956년, 24살의 젊은 나이로 모교 신명여고에서 교직의 첫발을 내디딘 것이 엊그제 같은데, 어느덧 은발의 연륜을 쌓아 정년퇴임을 하게 되니, 만감이 교차하고 감개무량합니다. 41년이란 긴 세월 동안 제 젊음과 정열을 불태웠던 교직생활을 돌이켜보니 기쁘고 즐거웠던 일들과 숱한 아픔을 인내하며 살아야 했던 여러 가지 일들이 주마등처럼 뇌리를 스쳐 갑니다. 환희에 가득 찬 행복한 때에는 기쁨의 하나님으로, 어려움에 부닥치고 눈물 흘릴 때는 의롭고 강하신 하나님께서 나의 피난처가 되시고 나를 굳게 붙잡아 독수리가 날갯짓 하듯 다시 비상할 수 있는 용기와 활력을 주시는 위로의 하나님이 되셔서 오늘날까지 교직의 소명을 잘 감당할 수 있었습니다.

계성 어린이 여러분.

여러분들의 풋풋하고 싱그러운 미소와 무한한 가능성을 바라보며 여러분들과 함께했던 순간순간을 잊을 수가 없습니다. 여러분들이 나와 헤어지는 서운한 마음을 글로 표현한 것을 읽으며 무척 마음이 아팠습니다. 착하고 슬기로운 어린이 여러분과 계성 동산의 모든 추억을 가슴 깊이 새겨 놓고 여러분을 평생 사랑하며 살아가겠어요. 여러분들을 위해 학교 한켠에 마련한 꿈의 상징인 무지개 벽화에 새겨진 '바르게, 슬기롭게, 튼튼하게, 사이좋게'를 삶에 실천하여 여러분들의 다짐 그대로 부디 21세기의 훌륭한 일꾼들이 되어주세요.

여러분들과 함께 자랑스럽게 불렀던 교가도 이제는 혼자 부르게 되었네요. 여러분들과 함께 울며 웃으며 즐거웠던 계성 동산의 추억들을 되새기며 이젠 응원석에 물러앉아 여러분들의 올바른 성장과 계성의 발전을 위해서, 이 나라 교육을 위해서 기도하며 뜨거운 성원의 박수를 보낼게요.

고마웠던 계성초등학교와 유치원 교직원 여러분!
그동안 고생 많으셨습니다. 함께 계성의 발전을 이룩하기 위해 협조해 주신데 대해 깊이 감사를 드립니다.

늘 따뜻한 사랑으로 성원해 주신 학부모님 여러분!
오늘의 계성이 있게 된 것은 여러분들의 적극적인 협조 덕분이라 생각하면서 심심한 감사를 드립니다.

친애하는 교육동지 여러분과 이 자리에 왕림하신 존경하는 모든 분들, 그리고 신명여고 제자 여러분들!
그동안의 지도 편달에 깊은 감사를 드리며 여러분들의 뜨거운 사랑을 가슴 깊이 담고 기쁜 마음으로 저는 떠나갑니다. 그 은혜 잊지 않고 제2의 인생을 더 값지게 살아가겠습니다.

1997. 8. 23. 퇴임사

계성초등학교 교장 퇴임식 1997. 8.

계성초등학교 교장 퇴임식 1997. 8.

희망과 보람으로 행복했던 삶

흔히들 교직생활을 일컬어 이름도 빛도 없는 직업이라고 한다. 그러나 41년간의 나의 교직생활은 그 무엇과도 바꿀 수 없는 이름과 빛이 있는 소중한 스승의 길이었다. 무한한 가능성과 가소성을 지닌 수많은 제자들과의 값진 만남, 그들과 함께 웃고 울며 그들의 푸른 꿈을 가꾸기 위해 내 젊음과 정열을 쏟

앉던 교단생활은 얼마나 보람 있고 얼마나 행복한 세월이었는지 모른다. "제자를 기르고 가꾸는 기쁨으로 나는 웃으며 교단을 향해 내 길을 간다."라고 되뇌며 내 사랑하는 제자들을 열심히 가르쳐, 그들의 인생이 시냇가에 심은 나무처럼 싱싱하게 자라도록 나의 사랑과 정성, 그리고 간절한 기도로 열심히 살아온 지 어언 40여 년, 그들은 곧 나의 꿈이었고, 소망이었고, 기쁨이었고, 나의 삶을 풍요롭게 한 값진 자산이었다. 사랑하는 제자들에 대한 그리움, 그동안 많은 사람들로부터 받은 따뜻한 사랑의 빚을 진 채 떠나야 하는 송구스러움, 그리고 일에 쫓겨 바빴던 엄마로서의 미안함을 간직한 채 희망과 보람으로 행복했던 지난날의 삶을 뒤돌아본다.

『이름도 빛도 있는 길』 출간 1997. 8.

교육을 빛낸 사회 활동

주어진 달란트를 활용하여 여러가지 사회활동에 참여하여 교육을 빛나게 하였다.

한국 사립국민학교장회 부회장

1979년부터 1997년까지 부회장으로 재임하면서 사립학교 운영의 자율화, 공사립 인사교류, 사학의 수월성 교육, 정부예산 지원 등 사립초등학교의 위상을 높이는 데 힘썼다.

한국 사립초등학교 학교장 총회 1989. 4.

대한적십자사 대구·경북 부지사장

 1977년~1981년까지 대한적십자사 경북지사 부지사장을, 1991년 ~1995년까지 대한적십자사 대구 부지사장을, 1991년부터 대한적십자사 전국대의원을 역임하며 불우 이웃 및 복지시설 위문, 청소년 적십자 장학기금 조성, 지사 신축 건물 부지 확보를 위한 대구시 지원에 결정적 역할을 하였으며, 인도주의, 박애 정신 함양을 위해 수십 회에 걸쳐 강연을 했다. 청소년 지도 육성, 수련 활동 및 봉사활동을 하였고, 1993년 RCY를 대표한 적십자 유적지 순례단 단장으로 국제 적십자위원회(ICRC) 등 6개국을 방문하여 국위를 선양하였다.

대구 Y.W.C.A 회장

 1992년부터 1996년까지 제23대와 제24대 회장을 역임하면서 신앙 각성 프로그램 개발, 청소년 유해환경 감시단 발족, 소비자 보호운동, 환경 보호운동, 근로여성 직업교육, 아나바다 장날 운영, 청소년 공부방 운영, 어린이집 운영, 일하는 여성의 집 개관 등을 비롯하여 회관 건립 기금 조성과 대구 YWCA 70년사 발간 등 대구 YWCA 70주년 기념행사를 성대하게 거행하였다.

대구시 정책자문위원회

1983년부터 1990년까지 대구시 정책자문위원회 위원으로 교육, 문화 창달과 민의의 반영, 시민의식 확립 등 시정 전반에 관한 자문과 강연 등으로 시정발전에 기여하였다.

민주평화통일 정책자문회의위원

1982년부터 1991년까지 민주평화통일정책자문회의위원으로 각종 자문과 국가관 확립을 위한 초청강연 등으로 평화 통일의 기반 구축에 주력하였다.

대구지방법원 가사조정위원

1984년부터 1997년까지 대구지방법원 가사조정위원으로서 건전한 가정을 지키고 어린이와 청소년이 보호될 수 있도록 노력하였고, 가사 조정의 효율성 재고 등에 힘쓴 공로로 1994년 대법원 행정처장의 감사장을 받았다.

대구지방법원 가사조정위원회 1997.1.

한국 걸스카우트 교원연구회장

1956년부터 경북, 대구에서 최초로 걸스카우트 대조직을 하여 대장, 이사, 초대 고시위원, GS 교원연구회장 등, GS 발전에 기여한 공으로 1971년 모범 대장으로 문교부 장관 표창을, GS 이사 및 실행 위원으로 소년단 육성에 기여한 공으로 1976년 GS 총재의 공로상, 1980년 경북 도지사 표창장을 받았으며, 특히 한국 GS가 세계 회원국으로 가입하는 데 있어서 시범 대집회에서 지도자의 창의력을 인정받아, 한국 GS가 세계 정회원국으로 인준받는 데 결정적 역할을 한 공로로 창립 50주년 기념식 날 걸스카우트 공로훈장 은장을 수상하였다.

걸스카우트 공로훈장 은장 수상

새마음 여성 봉사단 경북도단장

1977년부터 1979년까지 새마음 여성 봉사단 경상북도 단장을 역임하면서 박근혜 총재를 모시고 전국 시·도단장과 25개

도내 시·군 단장들과 힘을 모아 청소년 선도, 불우이웃돕기, 질서의식, 소비 절약운동, 상부상조의 의식함양 등 새마음 갖기 운동을 전개하였다.

새마음 봉사단 박근혜 총재의 위촉장 수여 1977.

박근혜 총재와 각 도 단장들(우측서 3번째가 본인) 1977.

영호남 지역감정해소국민운동 대구·경북협의회의장

1992년 영호남 지역감정해소국민운동 대구 경북 협의회의 상임의장을 맡아 영호남 간의 지역감정을 해소하기 위해, 하나 되기 위한 민족화합 범국민궐기대회를 대구와 광주에서 개최

하며 상호 간의 우의와 사랑을 나누었다.

대구 여성단체협의회 부회장

1992년부터 1996년까지 대구 여성단체협의회 부회장을 역임하면서 지역 여성단체장들과 협력체제를 구축하여 여권 신장과 어린이 및 청소년의 건전한 성장 육성에 기여하고 중국의 청도시 여성 지도자 초청으로 청도를 방문하는 등 국제 친선에 노력하였다.

손명순 여사와 청와대에서 1995. 5.

신명여고 동창회장

서기, 총무를 거쳐 회장직을 3회에 걸쳐 역임하였다[10대 (1975), 13대 (1982~1986), 18대(2000~2004)]. 60년 만에 처음 동창회 명부를 작성하였으며, 1970년 미국에 신명여고 동창회 지회를 조직하여 초대 회장으로 활약하였다. 그때 뿌린 씨앗이 자라서 지금 미국의 많은 지역에 신명 동창들이 지회를 조직하여 모교 발전을 위해 크게 활약하고 있다.

김종필 총재님과 신명동문회 이사들(앞줄 좌측서 3번째가 본인) 1996. 5.

서울대 문리대 대구·경북지구 동문회장

1987년부터 4년간 회장직을 맡아서 운영의 활성화를 기하여 서울대 문리대생다운 참신한 프로그램으로 동창회 운영의 획기적인 발전을 기하였다.

경북대 교육행정 동우회장

1992년부터 2년간 경북대학교 교육행정동우회장직을 맡아서 상호 부조와 친목의 모임 등으로 운영의 활성화를 기했다.

영예로운 포상

한국 교육자 대상 수상

40여 년의 교직생활을 되돌아보면 아이들에게 더욱 따뜻한 가슴으로 다가서지 못한 안타까움은 있지만, 후회나 실망은 조금도 남아있지 않으니 얼마나 큰 은혜인지요. 이보다 더 기쁘고 만족한 인생이 또 있을까 자문해 보기도 합니다.

나의 하루는 좋으신 하나님께 새로운 하루를 주심을 감사드리는 기도와 "한 알의 밀알이 땅에 떨어져 죽지 아니하면 한 알 그대로 있고, 죽으면 많은 열매를 맺느니라(요한복음 12장 24절)," "네가 죽도록 충성하라. 그리하면 내가 생명의 면류관을 네게 주리라(요한계시록 12장 24절)."라는 성경 말씀을 붙잡고 묵상하는 것으로 하루의 업무를 시작하고 있습니다. 그리고 몹시 힘이 들고 안쓰러운 일들이 계속될 때에는 내방에 걸려 있는 피땀을 흘리시는 고난의 예수님 모습을 바라보면서 새 힘을 얻기도 합니다.

주어진 일에 만족하며 최선을 다하며 하루하루를 즐겁게 생활한 것이 작년 1996년 한국 교육자 대상을 받게 된 원천으로 생각하며, 남이 알아주지 않아도 묵묵히 내 할 일을 열심히 한 결과 뜻하지 않은 대상을 수상하게 됨을 영광스럽게 생각합니다.

이 세상은 참 각박하고 메마르다고 합니다. 사랑이 없는 무표정한 사회라고도 합니다. 하지만 나는 한국 교육자 대상 수상을 통해 우리 사회에 아직도 사랑과 온정이 가득하다는 것을 느낄 수 있었습니다.

수상 소식이 전해지자 내가 재직하고 있는 계성초등학교 어린이들과 교사들은 물론이고, 학부모님들과 졸업생, 그리고 신명여고 시절의 제자들이 전국 각지에서 심지어 외국에서까지 축하해 주었으며, 축전과 전화, 직접 방문 등을 통해 밝고 환한 웃음으로 자기 일같이 기뻐하고 즐거워하는 것을 보면서 오랜 교직생활에 대한 보람을 느낄 수 있었습니다.

아직도 우리 사회에는 긍정적이고 이웃과 함께 기쁨과 슬픔을 나눌 수 있는 좋은 사람들이 많이 있다는 사실, 정이 살아서 숨 쉬는 사회라는 것을 확인할 수 있었습니다.

자라나는 아이들은 우리의 전부입니다. 우리의 미래이고 희망입니다. 사랑하는 제자들의 가슴속에 영원히 기억되는 스승이 되도록 뜨겁게 사랑하고 웃으며 기도하며 교단의 길에 우리의 열정을 바쳐야 하겠습니다. 교직은 결코 이름도 빛도 없는 길이 아니고 분명 이름도 빛도 있는 길이라고 말하고 싶습니다.

-한국 교육자 대상 수상 소감문 1996. 4.

최종덕 교장, 한국 교육자 대상 수상

아무리 바빠도 전교생의 통지표와 작품을 읽으며 어린이 한 사람 한 사람의 특성과 학업성적을 알뜰히 살펴보는 자상한 교장 선생님.

제15회 한국 교육자 대상 초등부문 수상자로 선정된 최종덕 교장은 작은 체구에서 배어 나오는 따뜻함과 강건함은 사람을 끄는 힘이 있다. 그래서 최 교장의 주위에는 항상 사람들이 모인다. 전깃불도 안 들어오는 벽촌인 경북 영천군 신녕면에서 태어나 서울대 물리학과를 졸업한 최 교장은 지난 41년 동안 한시도 교단을 떠난 적이 없다. 번뜩이는 아이디어와 과단성 있는 추진력으로 교육계에 많은 업적과 일화를 남겼다.

1977년 3월 계성초등학교장으로 부임하자마자 교사의 과외 수업 금지, 학부모 촌지 안 받기 운동을 펼쳤다. 또 측백나무 다섯 그루와 설송나무 몇 그루가 전부였던 삭막한 환경에서 사계절 푸른 교정 가꾸기에 발 벗고 나섰다. 화단 일구기, 투시 울타리 조성, 기상대, 교재원, 어린이 헌장비 등 손길이 미치지 않은 곳이 없다. 잔디밭 야외학습장과 자연동산, 500여 그루에 달하는 분재 식물원 등으로 교정은 마치 어린이공원 같다. 학교의 아름다움이 소문나 제1회 아름다운 학교 대상을 받았다. 최 교장은 선진교육에 대한 열의도 남달라 80년 초에 이미 전국 최초로 PC 60대를 도입해 컴퓨터 교육을 실시해 일본언론의 취재 대상이 되기도 했으며 제1회 전국 퍼스널컴퓨터 경진대회에서 재학생이 대통령상을 수상했다.

정년퇴임을 한 해 남긴 최 교장에게는 제자 및 학부형, 지인들의 방문이 끊이지 않는다. 한국 교육자 대상 수상 소식에 최 교장은 남이 알아주지 않는 그늘진 곳에서 묵묵히 교단을 지키고 있는 많은 선생님들께 이 상의 영광을 돌리겠다고 했다.

한국일보 1996. 5. 15.

10년을 앞서가는 선진교육의 계성초등학교장

생명력 있는 사회의 판단 기준은 교육이다. 그래서 사회 발전의 발단은 교육에서 비롯된다고 해도 과언이 아니다. 백년지대계의 교육을 위해 애쓴 사람을 위한 제15회 전국 교육자 대상 시상식에서 계성초등학교 최종덕 교장이 영예의 대상을 수상했다.

41년간 열린 교육을 표방하며 일궈낸 최 교장의 업적을 전국교육자 대상으로 대신한다면 턱없다. 1977년 계성초등학교장으로 부임한 이래로 최 교장이 일궈낸 일들은 모든 사람들의 상상을 뛰어넘는 것들이다.

열린 교실, 푸른 교실로 만들고 학교 앞 신호등 설치, 열린 교육, 학급 간부의 선거제, 선진 컴퓨터 교육, 학교 정원 만들기. 휴식공간, 잔디밭, 온실 분재실 무궁화동산, 분수 등 한마디로 자연학습장을 방불케 한다. 보여주기 위한 운동회가 아닌 쓰레기 분리수거, 모심기 등의 주제를 운동회에 도입하고 전교생과 학부모들 모두가 참여한 전시회를 열어 화제를 모으기도 했다.

어린아이가 가장 값진 재산이라는 최종덕 교장은 이외에도 대구 교육계에 미친 파장이 엄청나다. 내년부터 3학년 이상에 한해 시행할 영어수업을 미리 실시해 국제화를 주장했고 YWCA 회장, 대한적십자사 대구부지사장, 여성단체 부회장, 애국심 교육 수료생이 연인원 수만 명이 넘을 정도로 사회봉사도 적극적인 최종덕 교장의 계성초등학교가 청소년 준거집단 최우수 집단으로 선정됨은 당연하다.

벼룩신문 1996. 6. 5.

뿌리 의식 강해야 경쟁서 승리

제15회 한국 교육자 대상 초등부문 수상자 최종덕(64) 대구 계성초등학교장이 이 학교 모범교사 15명과 함께 교육 연수 및 뿌리 교육 특강 차 L.A를 방문했다.

지난 41년 동안 푸른 동심 가꾸기 교육을 통해 사회봉사와 인성교육에 일평생을 바친 공로로 한국 교육계 최고 권위의 한국 교육자 대상을 수상한 최 교장은 교포 2세들이 급변하는 세계화 물결 속에 우뚝 서도록 하기 위해서는 2세들의 한국어 및 한국 문화 교육을 통한 뿌리 의식 고취가 무엇보다 중요하다며 교포 2세에 대한 뿌리 의식 교육의 중요성을 강조했다.

뿌리 의식이 약할 때 민족의 혼마저 없어지는 법이라고 진단한 최 교장은 21세기 치열한 경쟁에 승리하기 위해서는 철저한 민족성 교육이 필요하다고 말했다. 최 교장은 지난 77년 3월 계성초등학교장으로 부임하자마자 교사의 과외 수업 금지, 학부모 촌지 안 받기 운동 등 당시로서의 획기적인 조치를 실시, 화제를 낳기도 했으며, 컴퓨터가 일반화 되기 전인 지난 1980년 초 이미 전국 최초로 PC 60대를 도입, 컴퓨터 교육을 실시하는 등 교육계에 많은 일화와 업적을 남겼다.

한편 최 교장은 이번 방미 중에 계성초등학교와 자매학교인 윌셔 한국어학교(교장 정시우 목사)에서 21세기를 향한 바람직한 자녀 교육이란 주제로 특강을 하며 국사책, 태극기, 축구공, 전래동화책 등을 선물로 제공하였다.

LA 한국일보 1996. 7. 27.

대한적십자사 금장 수상

1980년에 어린이 적십자단을 창단하여 장애자 돕기 자선 바자회, 응급처치법 강습, 불우 학우 돕기, 사랑의 성미 보내기,

각종 봉사활동, 4계절 수련회 등을 실시하고, 응급처치 경연대회에서 7년간 최우수상, 청소년단체육성 최우수교로 유공단 표창 3회 등 수많은 실적을 거양하였으며, 1993년 7월, 11일간 적십자 유적지 순례 단장으로 유럽 6개국을 비롯한 적십자 국제기구와 적십자 발상지를 방문하여 국위를 선양하였다. 이에 대한 공로로 1996년 대한적십자사 창립 91주년 기념식에서 적십자 최고의 영예인 적십자 봉사장 금장을 수상하였다.

대한적십자사 금장 수상 1996. 10.

국민훈장 동백장 수상

41년 교직생활을 오직 투철한 사명감과 뜨거운 사랑과 희생으로 제자들을 친자식같이 사랑하고 늘 기도하며, 그들의 심

장에 꺼지지 않는 민족혼을 심어주기 위해 헌신해 온 공로로
국민훈장 동백장을 수상하였다.

근검절약 실천하는 성실한 교육자

제16회 스승의 날 기념식에서 국민훈장 동백장을 수상하는 대구
계성초등학교 최종덕 교장(여, 65)은 평소 근검절약을 실천하는 교
육자로 소문이 나 있다. 서울대 물리학과 출신인 최 교장은 모교인
신명여고에서 교편생활을 시작, 영천여중 교감을 거쳐 약 20년 동
안 계성유치원장과 계성초등학교장을 겸직했다.

최 교장은 제1회 전국 아름다운 학교 대상을, 제1회 전국 퍼스널컴
퓨터 경시대회에서 재학생이 대통령상을 수상하는 등 학교 교육
선진화와 공원화에 힘써 왔으며, 특히 지난해에는 걸스카우트 세
계정회원 가입 공로로 걸스카우트 창립 50주년 공로훈장 은장을
받기도 했다.

YWCA. 대한적십자사 등 각종 사회단체를 통해 봉사활동에도 적
극 참여하고 있는 최 교장은 지난 82년부터 미국, 일본 등에 자매
학교를 두고 국제화 교육에 앞섰고 투철한 사명감과 소명 의식으
로 교육에 헌신한 공로로 지난해 한국 교육자 대상을 수상하기도
했다

1997. 5. 14. 영남일보

청와대 오찬초청. 김영삼 대통령과 1997. 5.

국민훈장 동백장 수훈 1997.

너희는 먼저 그의 나라와 그의 의를 구하라

최종덕 권사는 지난 5월 15일 제16회 스승의 날에 전국의 40만 교직자를 대표해서 '국민훈장 동백장'을 수상하였다. 작년에 '한국 교육자 대상'을 수상하기도 한 최 권사는 41년 교직생활을 오직 투철한 사명감과 뜨거운 사랑과 희생으로 제자들을 친자식같이 사랑하고 늘 기도하며 그들의 심장에 꺼지지 않는 민족혼을 심어주기 위해 헌신해 왔다.

1977년 계성초등학교장으로 부임하여 어린이들에게 창조주 하나님을 알게 하기 위해 학교상 및 학급명칭을 믿음, 소망, 사랑, 화평으로 정하였으며, 강당 입구에는 "너희는 먼저 그의 나라와 그의 의를 구하라." 라고 하는 성구를 부착하여 어린이들이 생활하는 순간순간 창조주 하나님 말씀을 접할 수 있도록 하였다. 기독교 학교의 정체성과 어린이의 소중함을 일깨워 주기 위해 학생 주제곡은 301장 「사랑의 하나님, 교직원 주제곡으로는 102장 '주 예수보다 더 귀한 것은 없네」를 선정하였다. 수많은 교육 업적들과 함께 각종 사회 봉사활동에도 열과 성을 다하여 사회에 공헌하고 있다. 어린이들의 초롱초롱한 눈망울만을 바라보며 한평생을 미래의 역군들인 제자와 함께 살아온 최 권사님을 볼 때마다 하나님이 역사하시고 예비하심을 느낄 수가 있었다.

삼덕교회지 신망애 1997. 6.

퇴임 후 노년 시절

고난과 시련

1999년, 나에게 가장 힘든 시련이 닥쳐왔다. 평생 병원 한 번 안 가본 건장한 아들 병준이가 열이 한 일주일 정도 난다고 했다. 병준이는 별것 아니라고 병원에 안 가겠다고 우겼으나, 그래도 병원에 가보라고 권유를 했는데, 병원에 가서 일주일간 검사를 해도 열의 원인을 알 수 없다고 했다. 좀 더 정밀 검사를 한다며 일주일간 굶은 후 이런저런 검사를 하다가 저녁에 검사를 하던 중 의사가 동맥을 건드려 밤새 출혈이 되었고, 결국은 그 후유증으로 세상을 떠났다. 36세 한창나이에 하늘나라로 보내고 나니 하늘이 무너지는 아픔이었다. 청도의 선산에 병준이를 묻고 올 때는 하늘도 울고, 땅도 울고, 우리 모두 함께 울었다.

엎친 데 덮친 격으로 아진 상호신용금고 이사장 및 두 제자에게 평생 모은 돈과 퇴직금 전액을 모두 떼었다. 그러나 시련과 고난은 더욱 심신이 강건해지는 과정이라고 믿으며, 기도로 하나님께 간구하며 살게 되었다.

봉사와 성찰

　퇴임 후에도 교육과 사회 활동에 대한 열정은 식지 않았고, 한동안 많은 곳에 초청도 받고, 여러 가지 활동을 했다. 2004년부터 4년간은 신명여고 동창회장직을 맡아 여러 활동도 했다. 또한, 김옥라 회장님이 주도하셨던 '삶과 죽음을 생각하는 회' 및 아름다운 중, 노년 문화연구소(정경숙 소장) 모임에 강의도 하며 조용히 삶을 되돌아보고, 꽃과 식물을 가꾸며 여유로운 시간을 가졌다.

교육에 헌신

계명대 동산도서관 개관기념. 김복규, 박병희 교수, 신일희 총장님

서울 이주 생활

2008년에 서울에 사는 미정이가 서울에 와서 같이 살자고 제안을 해 왔다. 정든 고향, 정든 친척과 친구를 뒤로한 채 떠나는 것이 쉬운 일은 아니었으나, 딸이 아침 일찍 직장에 출근하면 손주들을 깨워서 학교에 보내고 돌봐주는 일을 하면서 나름대로 새로운 기분으로 새 삶을 살고자 서울로 이주하게 되었다.

옛 친지들과 전화도 하고 지인 댁에 방문도 하며 지냈는데, 특히 전 교육부 차관을 지내신 김판영 선생님 댁에 가끔 방문드리면 무척 반가워하셨다. 강연도 하고, 서울대학교 종신 이사로서 이사회도 참석하고, 결혼식 주례도 하고, 주말에는 딸, 사위와 서울 근교를 드라이브하고, 맛집을 찾아다니며 여유로운 힐링의 시간을 가졌다.

살아온 세월이 주마등처럼 머릿속을 스쳐 가면서 많은 고마운 사람들이 떠오른다. 그중에서도 계성초등학교 설립을 주도하고 늘 도와주셨던 고 신태식 총장님, 계성학교 선생님들, 새마음 봉사단 도단장 때 만나 자매의 연을 맺은 강추자 제주도 단장, 변함없이 사랑을 나눠준 이양자 교수, LA 정시우 목사님과 고 박성식 사모, 김인순 권사님, 올케 최갑숙, 질녀 최정숙, 닥터 김현철 등 모두가 고맙다. 고마운 사람들이 너무 많아 좁은 지면에 일일이 다 나열할 수 없어 아쉽다. 그리고 무엇보다 사랑하는 가족이 있었기에 오늘날까지 많은 어려움이 있었지만, 무난히 살아오게 된 것을 감사한다.

지금은 기력이 없어져서 천천히 걸을 수밖에 없다. 천천히 걸으니 빨리 달릴 때보다 감사할 것이 더 많이 보인다.

이제 점차 헤어지는 연습을 해야 할 때가 되었다. 헤어지려고 생각하니 과거의 아름다운 말, 아름다운 정, 아름다운 관계들 모두가 눈물겹게 소중해진다. 이 귀한 보물을 챙길 수 있는 여유를 주신 하나님께 감사 기도를 드린다.

가족사진 2017.

III

가족 단상

삼 남매의 엄마 역할을 하신 시어머님

깊은 정을 간직한 남편

삼 남매의 성장

그리운 종만 오빠, 고마운 올케언니

재주꾼 종순 언니, 인정 많은 김순근 형부

고맙고 미안한 동생들

삼 남매의 엄마 역할을 하신 시어머님

2002년 시어머님(성갑생)께서 낙상 후 고관절 골절로 거동이 어려웠고 그후 몇 달 만에 소천하셨다. 96세가 될 때까지 맑은 정신으로 건강하게 사셨는데….

결혼 후 52년간 시어머님을 모시고 함께 살았다. 남편은 외아들이었고 각별한 효자였다. 어머님은 근검절약 정신이 몸에 배어 계셨고 말씀이 적고 성품이 무던한 분이셨다. 우리 부부가 어린 삼 남매를 어머님께 맡기고 미국에서 2년간 생활을 할 때다. 생활비조차 몽땅 지인에게 사기당하고 살길이 막막하셨을 텐데도 삼 남매와 꿋꿋이 버티시며 우리가 걱정하지 않도록 제대로 알리지 않으셨다. 얼마나 힘드셨을까!

학교 교육을 받지는 않으셨지만, 유명한 한학자이신 화곡 성대기 선생의 차녀로서 삶의 지혜가 많았다. 어머님은 신앙심도 깊으셨다. 새벽부터 무릎을 꿇고 우리 가족을 위해 기도하셨고 늘 성경책을 손에 들고 한 줄 한 줄 읽으며 나지막한 목소리로 찬송하셨다.

너무 바쁜 며느리를 위해서 어머님께서 삼 남매인 진수, 병준, 미정이를 먹이고 챙기고, 같은 방에서 주무시며 엄마와 할머니 두 사람 몫을 부지런히 하셨다. 진수, 미정이가 서울에서 대학을 다닐 때는 서울로 따라 올라가셔서 대학을 졸업할 때까지 뒷바라지하셨고 미정이가 힘든 전공의 생활을 끝내고 결혼하는 날까지 돌봐 주시며 인성교육과 신앙교육을 해주셨다.

내가 직장생활과 사회생활을 잘할 수 있었던 것은 아이들과 집안일을 묵묵히 도맡아 해 주신 시어머님의 짙은 땀과 수고의 은덕이라 생각되어 감사드린다.

시어머님의 부친 화곡 성대기 선생

시어머님과 함께한 가족 1993.

깊은 정을 간직한 남편

남편은 외형적으로는 나와 개성이 다르게 보이나 내면으로는 많은 공통점을 가지고 있다. 우리 부부는 잘 맞물린 한 쌍의 톱니라고 표현하고 싶다. 남편은 경북대학교에서 교육행정학으로 박사학위를 받았으며, 금성여고 및 달성중학교 교장을 역임하고 정년퇴임 후에 대구광역시 교육위원으로 활동하였다. 말수가 적고 겉으로는 무뚝뚝해 보이나 가정적이며 나의 사회생활을 묵묵히 도와주었다. 남들은 남편이 나를 만난 게 운이 좋다는 말들을 하지만 내 생각은 그 반대다. 남편은 타고난 인성이 성실하고 매우 착한 사람이고 낭만적인 애정을 챙길 줄 모르는 아쉬움을 느낄 때도 있으나 나는 그의 깊은 정을 헤아리고 감사하며 산다.

삼 남매의 성장

바쁘고 고단했던 삶, 혼자 감당하기엔 너무 벅찼지만 힘들 때 어려움을 나누고 함께 소소한 행복도 나눌 수 있는 가족이 있었기에 오늘날까지 올 수 있었다. 내 가족은 내 모든 활동의 원동력이었기에 감사하고 또 감사한다.

어느 누군들 첫 자녀에 대한 기대가 크지 않으랴만 장녀 진수는 매우 반듯하고 착해서 기대가 컸다. 연세대 경영학과와 미국의 노트르담 대학원을 졸업하였고, 계명대학교와 영진전문대학에서 외래강사도 하였다. 감성적이고 마음이 여린 장녀에게 엄마로서 더 많이 대화를 나누고, 더 많이 공감하였더라면 하는 후회를 늘 하게 된다. 진수와 착한 태윤이가 늘 건강하기를 기도하고 있다.

병준이는 건장한 체격에 귀공자 타입이었다. 사춘기 시절, 새 옷도 사고 싶고, 학원도 가보고 싶고, 새로운 도전도 하고 싶었는데 모든 것을 규제했던 것이 미안하다. 차분하면서도 통솔력이 있었고, 특히 고등학교 시절 연대장(총학생회장)을 하던 멋진 병준이의 모습이 눈에 선하다. 대구 한의대를 졸업한 후 약학을 전공한 남경화와 결혼하였고, 서울에서 한의원을 개원하여 행복하게 사나 했더니, 일찍이 하느님의 부름을 받게 되었다. 성격 좋고 신앙심 좋은 며느리 경화가 가정을 잘 이끌며 의젓하게 세상을 살아가는 모습이 대견하고 고맙다. 차분한 손녀 성은, 듬직한 손자 성재, 마음씨 착한 성준이 모두 잘 자라주어 든든하다.

막내 미정이는 어려서부터 근검절약 정신이 강했고 부지런했다. 말수가 적은 것은 남편을 닮았으나, 열성적으로 사는 것은 나를 닮았나 보다. 연세대 의대를 졸업하고 세브란스 병원에서 소아과 전문의를 마친 후, 서울의대를 졸업하고 심장내과를 전공한 남기병과 결혼하였다. 결혼 전에 지인을 통해 사람이 어떠냐고 물었더니 "별명이 남천사예요. 세상에 다시없는 신랑감이예요."라고 한 말처럼 함께 살아보니 사위는 실력이 있고 효심이 지극한, 천사 같은 사람이다. 예쁘고도 쿨한 외손녀 남연주, 예의 바르고 활력이 넘치는 외손자 남현욱이 잘 자라 사회의 훌륭한 일꾼이 되었으면 하는 소망이다.

내 자녀 손주들 모두 부모가 누렸던 행복보다 더 큰 행복을 누리며 잘 살기를 바란다.

그리운 종만 오빠, 고마운 올케언니

종만 오빠   올케 홍순달

맏오빠인 종만 오빠는 부모님의 사랑을 한몸에 받으셨고 기대도 대단하였다. 아버지는 종만 오빠와만 겸상해서 식사를 하시고, 나머지는 함께 둘러 앉아 식사를 했다. 종만 오빠는 그 당시 일본에 유학까지 했던 인텔리였다. 재주가 많았고 수려한 필체로 칭찬을 많이 받았으며, 노래도 가수 이상으로 잘 불렀다.

6·25 전쟁 발발 후, 오빠는 당시 가장 치열했던 격전지인 강원도 철원군 '금화지구 전투'에서 대한민국을 사수했다. 금화지구 전투는 중부전선의 심장부로 가장 많은 희생자가 발생한 전쟁터이다. 3년간 젊음을 다 바쳐 군대 생활을 하다가 군 복무 중 원인 모를 병(심한 설사가 수일간 지속되었다고 하니 지금 생각으론 식중독이나 극심한 장염으로 추정)을 얻어 제대로 된 치료도 못 받고 의병 제대 직후 돌아가신 것이다. 일곱 살 된 딸 정숙과 그 아래 알밤 같은 성환, 성욱을 남긴 채 오빠는 그렇게 떠나갔다. 그때 너무나 경황이 없어 제때 사망신고도 못 하고, 우리들의 부주의로 국가 유공자 등록도 못 하게 된 것이

못내 안타깝다. 온 가족이 당한 슬픔은 말로 표현하기 힘든 큰 고통이었지만 가슴을 파고드는 애절함을 삭인 채 고달프고 바쁘게 삶을 살아야 했던 올케 홍순달은 시아버지를 비롯해 시누이, 시숙, 조카들까지 다 모이면 20여 명이나 되는 대가족을 챙기며 그 힘든 가정일을 혼자 다 감당해야 했다. 시원시원한 성격에 부지런한 올케는 불평 한 번 않고, 영천 우리 온 가족을 뒷바라지해 주었다.

똑똑하고 예쁜 정숙, 차분한 성환, 서글서글한 성격의 성욱 삼 남매가 반듯하게 잘 자랄 수 있었던 것은 올케의 헌신 덕분으로 생각되어 두고두고 고마움을 느낀다.

재주꾼 종순 언니, 인정 많은 김순근 형부

종순 언니와 형부 김순근

종순 언니는 9남매의 장녀로서 어머니 이상의 카리스마가 있었고, 손이 재빠르고 몸이 가벼워 같은 일을 해도 항상 남들보다 먼저 일을 마치고 또 다른 일을 시작하는 신통한 재주를 갖고 있었다. 이를 예쁘게 본 어머니는 "우리 종순이는 시집가면 잘살 끼다~. 얼굴도 이쁘고 부지런하고, 천지 나무랄 때가 없다. 부잣집 맏며느리감이다."라고 칭찬을 하셨다. 또 끼도 많았다. 춤추고 노래 부르기를 좋아했는데「찔레꽃」으로 시작하여,「청춘을 돌려다오」로 바뀌고 신명이 절정에 이르면, 곧바로 팝송「쉬 이즈 마이 베이비」로 끝을 맺었다. 또 언니의 계산 실력은 어릴 때부터 타의 추종을 불허할 정도여서 같은 학년 구구단 대회에서 항상 1등을 했고, 기억력도 좋아 당시 선생님으로부터 똑똑한 학생으로 두터운 사랑을 받았다. 훗날 영천 집 사랑방에서 아버지와 동생들이 함께 모여 고스톱 화투를 치는 날이면 버벅거리는 동생들에게 "그런 머리로 대학은 우째 나왔노! 너거 같이 계산하다가는 짜른(짧은) 밤에 몇 판 치겠노? 답답따." 하고는 순식간에 남의 점수를 계산해 주는 통에 좌중에 한바탕 웃음꽃이 피기도 했다. 그뿐만 아니라 언니는 기억력이 뛰어나서 우리는 까마득히 잊어버린 지난날의 일들을 정확하게 기억해 주위를 깜짝 놀라게 하곤 하였다.

하지만 언니는 본인의 학력이 초등 학력뿐이란 점에 대해 항상 아쉬움을 가지고 있었다. "자식들 많고 집안에 할 일이 태산인데 여자가 지 이름만 알고 쓰마 되지, 공부가 머 필요하노? 중학교 치아라. 대신에 내 니 시집 갈 때 니 몫을 따로 챙겨 주마."
라는 아버지의 말씀에 순종하느라 언니는 그렇게 진학의 꿈을
접었다. "모든 게 다 내 운명이지." 지난 일에 대한 회한으로 내
뱉는 언니의 탄식 소리를 곰곰이 생각해 보면 일리가 있는 말이
다. 언니는 재주가 많고 능력이 남달라 제대로 교육만 받았더라
면 분명 큰일을 했을 텐데, 장녀로서 자신의 삶을 희생한 것을
보면서 나는 늘 미안하고 안타깝게 생각했다.

언니는 열아홉 살 되던 해에 7살 연상인 형부 김순근 씨와 결
혼을 했다. 당시의 결혼 풍속이 대부분 그랬듯이 어느 날, 아
버지가 형부를 만나 보고 와서는 "사람, 그만하면 됐더라. 일본
서 공부도 많이 했고, 직업도 확실하고, 인물도 이목구비가 남
자답게 생겼더라. 내가 허락하고 왔다. 며칠 있으면 집에 올 테
니 그리 알아라."라는 아버지의 말씀대로 언니는 영문도 모른
채 얼굴 한 번 못 본 총각한테 시집을 가게 되었다.

형부는 약관의 나이에 일본 유학을 떠났고, 고국에서의 지원
없이 신문 배달, 식당일 등 닥치는 대로 일하며 힘들게 학비를
벌어 대학 공부를 하셨다. 형부는 3개 국어에 능통할 만큼 어
학 실력이 뛰어났다. 해방이 되면서 귀국하여 미 8군 군사 고
문단에 통역으로 취직하여 안정된 생활을 할 수 있었다.

나이 차이가 난 탓일까? 아니면 형부의 천성일까? 형부는 언

니를 "마이 베이비."라고 부르면서 아이처럼 아끼고, 끔찍이 사랑하고 배려했다. 형부의 가족 사랑은 아주 각별하셨는데, 한국 전쟁이 끝나고 같이 종군하던 미 육사 출신인 육군 대령이 형부의 능력을 인정하고 "미국 생활을 책임질 테니 나와 같이 미국에 가자."고 제안했을 때 "사랑하는 나의 아내와 자식들을 두고 떠날 순 없다."며 정중히 거절했다. 나의 출세보다는 가족을 사랑하는 아내 바보, 자식 바보의 형부이셨다.

나와 동생 종철이가 대구에서 중·고등학교를 다녔던 6년간을 줄곧 형부 집에서 생활하였고, 언니와 형부는 우리의 보호자로서 부모님 이상의 역할을 해주셨다. 특히, 영어 시험을 보는 날이면, 그 전날 밤을 새워가며 특별 과외를 해주신 덕분에 나와 종철의 영어 성적은 항상 학년 내 1등이었다. 내가 서울대에, 그리고 철이가 고대 영문과에 들어간 것도 형부의 도움이 컸고, 당시 우리 형제들의 '아메리칸 드림'도 형부의 영향이 상당히 있었던 것 같다.

어느 겨울날 밤, 종철이와 내가 밤늦도록 공부를 하고 있는데, 형부가 긴 겨울 코트를 젖히시고 가슴속에서 신문지로 감싼 우동 한 그릇을 내려놓으셨다. "우동이 하도 맛있어서 처제, 처남 생각이 나서 곱빼기 한 그릇 사 왔지!" 하시며 미소를 지으셨다. 그런데 방문을 나가시는 형부의 옷에 흘러내린 우동 국물이 흠뻑 젖어 있었다. 추운 겨울밤. 국물이 바지에 흘러내려도 차가운 줄 모르시고 우릴 챙겨 주신 형부. 순간, 뭔지 모를 뜨거운 감정이 눈가를 스쳤다.

우리가 대학 다닐 때도 늘 격려와 염려를 아끼지 아니하셨고, 만날 때마다 유머러스한 조크로 우리를 웃겨 주시며 끝까지 사랑의 끈을 놓지 않으셨다. 나에게 언니와 형부가 없었다면 과연 지금의 내가 있을 수 있었을까? 고마운 마음을 결코 잊을 수 없고 오직 감사할 따름이다.

두 분의 재주와 성품을 빼닮은 경포, 경숙, 경애, 경덕, 경민, 경석이 잘 자라 어느덧 멋진 중년이 되었다.

고맙고 미안한 동생들

위로는 종만 오빠, 종순 언니가 있었고, 아래로는 여섯 동생이 있었다.

제각각 개성이 있고 똑똑한 학생들이었으나, 하나같이 그 능력에 비해 잘 풀리지는 못한 것 같아 아깝다고 말하고 싶다. 그러나 성실하고 책임 있는 삶을 살아가기에 자랑스럽기도 하고, 고맙고 감사하다.

언니 또는 누나로서 동생들의 어려운 시기에 좀 더 챙겨주지 못한 게 미안하고 후회된다. 내가 조금만 더 적극적으로 밀어주었으면 모두들 지금보다 훨씬 나은 삶을 누릴 수 있었는데, 뭔가 내가 못다 한 부분이 있는 것만 같다.

동생 종철

종철은 계성고등학교를 거쳐 고려대학교 영문학과를 졸업한 후 미주리대로 유학하였다. 공부도 잘하고 외모도 뛰어났다. 유학 중에 만난 미국인 양모의 표현으로는 한 세기를 풍미한 미남 가수 엘비스 프레슬리를 닮았다고 하였다. 나의 똑똑한 제자 최갑숙과 결혼하여 두 형제를 두었다. 결혼 후 미국에 이민하여 잘 자리 잡고 사는가 했더니, 어느 날 심장마비로 졸지에 하나님 품에 안기었다.

아깝고 가슴 아프지만 남겨 둔 아내와 두 아들이 건강하게 잘살고 있어 위로가 된다. 씩씩하게 잘 자란 성권, 성구는 뉴욕과 댈러스에서 가정을 이루고 행복하게 살고 있으니 하나님이 주신 축복에 깊은 감사를 드린다.

동생 종선

종선이는 수학을 잘했고 생활력도 강했다. 학비를 벌기 위해 어린 나이에 반야월 과수원 집집을 돌며 농약을 팔기도 하였다. 내가 신명학교 교사였고, 종선, 부수, 종태, 경포와 같이 옹기종기 살던 때 종선이가 살림을 도맡아 도왔다. 훗날 목사 사모가 되었는데 종선이는 어려서부터 신앙심이 돈독하여 사모로서 준비된 사람이었다. 희열과 현정 남매를 두었는데 박사학위를 받고 미국 주류사회에서 인정받으며 잘살고 있다. LA에 살고 있어 자주 만나지 못해 안타깝다.

동생 종희

종희는 마음이 여리고 인정이 많았으며 머리가 좋아 암산력은 계산기가 필요 없을 정도였으며, 경북여고에 다닐 때 늘 우등생이었다. 게다가 천상의 아름다운 목소리를 가져 노래를 잘 불렀다. 똑똑한 종희는 운명적으로 강원도 산골 외로운 곳에 시집을 가서 힘들게 살다 교통사고로 일찍 유명을 달리했다. 혼자 얼마나 외롭고 힘들었을까? 예쁜 맏딸 진숙, 의젓한 진명과 경오가 모두 잘 자라 엄마 몫까지 행복하게 잘 살길 기도하는 마음이다.

동생 부수

우리 형제들은 남자는 쇠북 종(鍾) 여자는 마루 종(宗)을 넣어 이름을 지었으나, 부수는 부유하고 뛰어나기를 바라며 부수라고 이름을 지었는데, 이름 그대로 뛰어나게 똑똑하여 사대부중과 경북고등학교를 거쳐 연세대 물리학과에 입학하였는데, 아메리칸 드림을 갖고 대학 재학 중 도미하였다. 39살이란 늦은 나이에 결혼을 하였다. 똑똑하고 성실한 아들 성훈이가 미국서 교육행정을 담당하고 있다. 부수는 미국서 어렵게 시민권을 받은 후 나를 위해 영주권까지 신청해 주기도 하고 다른 형제들을 도우려고 많이 애썼다. 지금은 뉴욕의 교외 조용한 동네에서 낚시도 즐기고 바둑도 두며 건강하고 평화로운 은퇴생활을 누리고 있다.

동생 종태

계성고등학교를 졸업한 종태는 나이 드신 아버지의 영천 과수원 일을 돕기 위해 대학 진학을 포기하였다. 사과 궤짝을 만들고 파라티온 농약을 치고, 과수원에 거름을 하고, 사과나무 전지도 하며, 땅을 사랑하고 농업을 중하게 여기며 일했다. 1979년 아버지가 돌아가실 때까지 모시고 험한 일을 도맡아 했다. 손재주가 뛰어나고 몸이 재바르고 농사도 과학적으로 했다. 나의 노년기에 가끔씩 우리 집을 방문해 여러 가지 일을 잘 도와준 고마운 동생이었다. 임정, 정혜, 정윤이가 예쁘고 똑똑하게 잘 자라 가정을 이루었고, 종태는 과수원을 팔고 지금 대구에서 행복한 노년을 보내고 있다.

동생 종옥

종옥이가 겨우 아홉 살 때 어머니가 돌아가셨다. 대구에서 공부하던 우리들이 영천 집에 들렀다가 모두 떠나갈 때면 종옥이는 강둑에 앉아 엉엉 울었다. "언니, 오빠, 이렇게 빨리 떠나

갈 거면 오지나 말지." 하며….

갸름하고 예쁜 얼굴의 종옥은 신명여고를 거쳐 효대 가정과를 졸업하였다. 범철, 범준 두 형제를 두었고, 지금 시카고에서 살고 있어 자주 만나지 못하여 안타깝다. 착한 마음씨에, 바느질 솜씨에, 음식 솜씨에, 부지런함에, 대가족의 시집에서도 살림꾼으로 사랑을 많이 받는다고 들었다.

형제 자매들

종순언니(장녀)

종선(3녀)   저자(2녀)

동생(종철)

종희(4녀)

종철(2남)

부수(3남)

종태(4남)

종옥(5녀)

IV

어머니를
흠모하는 글

교육계의 큰 별, 최종덕 교장 선생님

40평생을 오로지 교육계에만 계시면서 오직 제자 양성을 위하여 앞만 바라보고 달려오신 최종덕 교장 선생님의 헌신적 노고에 대하여 감사와 격려의 말씀을 드립니다.

최 교장님은 교육자가 되기 전에 어려서부터 독실한 기독교 신자로서 믿음을 바탕으로 한 특별한 교육철학이 있었습니다. 바로 잠언 9장 10절에 있는 여호와를 경외함이 지식의 근본이라는 말씀입니다. 여호와를 경외함으로 주어지고 얻어지는 지식은 하나님의 귀한 선물이요, 힘과 능력의 근본임을 믿었습니다. 어린이들에게 창조주 하나님을 알게 하기 위해 학생들이 늘 출입하는 강당 입구에 성구를 적어 두고 학교상 및 학급명칭을 믿음, 소망, 사랑, 화평으로 정하여 어린이들이 생활 가운데서 창조주 하나님 말씀을 접할 수 있도록 하였습니다.

제자들에게 경쟁적인 학력 위주의 교육보다 신앙교육을 더 강조하였고 인격 수양에 더 정성을 부었습니다. 많은 제자들의 개성을 존중하였으며 친자식처럼 소중히 여기고 늘 기도하였습니다. 학교 선생님들에게도 '그리스도의 일꾼'임을 강조하였으며 성직과 맞먹는 교직을 잘 감당함은 신앙의 바른길임을 믿고 실천하셨습니다.

최 교장님은 1988년에 미국 LA의 월셔 한인 장로교회 부속 한국학교와 자매결연을 하고, 계성학교 선생님들과 함께 LA에 오셔서 열린 교육 연수회에서 특강을 해주셨고, UCLA 부속 초등학교를 방문해 한민족의 정체성과 한미교육의 교류 및 협력의 중요성을 역설하셨습니다.

최 교장님은 국제화 교육의 일환으로 초등학교에 영어 과목을 도입하여 정부보다 수년 앞서 조기 영어수업을 시행하셨습니다. 과학 교육에도 많은 관심을 가지고 과학은 국가 경제발전의 저력임을 믿고 1980년대 초 컴퓨터 교육을 시작한 컴퓨터 교육의 선구자였습니다. 이러한 탁월한 교육의 선진화를 당시 일본신문에서 칭찬보도 한 일도 있습니다.

또한, 학교와 사회와의 유대관계를 돈독히 하여 생산적인 교육을 추진하는 기반을 닦았습니다. 최 교장님은 학교와 사회를 연결하기 위하여 대한적십자사, YWCA, 대구시 정책자문위원회 활동, 걸스카우트 등 학교와 사회를 연결하는 가교의 역할을 활발히 하셨습니다.

사람을 사랑하고 이웃을 돕는 따뜻한 가슴으로 일평생을 초등교육의 근대화를 위하여 몸과 마음을 바치신 최 교장님의 그 수많은 업적은 한국 교육계의 큰 별로 빛나며 많은 사람으로부터 칭찬과 흠모를 받고 있습니다.

－미국 LA. 월셔 한인 장로교회 정시우 원로목사 －

정시우 목사님과 2009,

당신은 우리 가족의 활력소였소

아내 자랑은 팔불출이라 했는데, 내 나이 구순을 지나니 팔불출이 되어도 부끄러운 줄 모르겠다. 나는 아내에게 많은 것을 빚지고 늘 고마움과 미안함을 갖고 살아왔다.

우리는 상반되는 성격이 많았다. 아내는 외향적이고 나는 내성적 성격이라 얼핏 보면 잘 맞지 않게 보이나 우리는 천생연분으로 다툼 한 번 하지 않고 살아왔다. 내성적인 것과 외향적인 것은 성격의 빛깔이 다를 뿐이며, 다른 색깔은 어우러지고 합하여 또 다른 멋진 색상의 세상을 만들어 냈다. 곰곰이 생각해 보면 내 삶이 더욱 풍요하고 조화를 이루게 된 것은 매사에 긍정적인 성격의 아내가 많은 것을 나에게 양보해 준 아내의 덕택이라 하겠다.

아내는 중학교 교감에서 지방에 있는 학교의 교장으로 승진할 기회를 바라볼 수 있었지만, 자녀의 교육과 가족을 위해 그 길을 단념하고 초등학교 교장의 길로 접어들었다.

돌이켜보면 나는 아내에게 너무 인색한 남편이었던 것 같다. 아내는 유행하는 옷을 좋아했으나, 결코 고가의 옷을 원하지는 않았다. 실용적이면서 유행에도 맞는 옷을 사 입기를 원했으나, 값싼 옷조차 쇼핑을 좋아하지 않는 나의 반대 때문에 살

수 없었고, 외식하는 걸 못마땅해하는 나 때문에 그 좋아하는 외식도 잘 못 했으며 여행 한 번 제대로 못 하고 살아왔다. 낭만적인 감성을 가진 아내는 나와 손잡고 나란히 걷기를 좋아했지만 부끄러움이 많은 나는 다른 사람들의 눈을 의식해서 그 작은 낭만도 즐기지 못했다. 나 혼자 빨리 멀찌감치 걸어가서 기다리고 있는 식이었다. 왜 그렇게 미련하도록 체면의식이 강했는지 모르겠다. 무채색의 내 생활에 맞춰 담백하고 담담하게 살아온 아내가 그동안 얼마나 큰 스트레스를 받았을까 생각하면 가슴 시리도록 미안하다.

아내 덕분에 나의 삶은 풍성하였던 것 같다. 적막하고 조용하던 집에 아내의 퇴근 발걸음 소리가 들리면, 그때부터 기운이 난다고 온 식구들이 말했다. 우리 부부는 성격은 달랐지만, 우리의 삶의 뿌리와 가치관은 같았다. 가진 것이 별로 없이 성공하려면 신뢰와 실력이 있어야 하며 열심히 노력하여 사는 길밖에 없다고 생각하고 같은 교육계에서 같이 고민하고 같이 사랑하며 60여 년의 긴 세월을 함께 해왔다. 아내는 정의를 위해선 대쪽같이 강직했으나 뒤끝이 산뜻한 사람이었고, 사람을 사랑하고 이웃을 돕는 따뜻하고 넓은 가슴을 가졌으며 모든 것을 긍정적으로 대처하며 남을 먼저 생각하며 나눔의 기쁨을 가지고 살았다.

아내 덕분에 변화무쌍하고 파란만장한 인생을 잘 견디고 내 삶이 풍성해졌음에도 나의 소극적 성격으로 고맙다는 한마디 표현을 못 한 것이 못내 아쉽고 미안하다.

우리의 몸은 점차 쇠잔해지고 있지만, 아내를 향한 나의 사랑과 고마움의 강도는 더욱 강해지고 있음을 절감하고, 이제야 나는 '아내에게 전하는 고백'을 다음과 같이 실토한다.

−남편 박관식−

아내에게 전하는 고백

가난한 집의 외동아들인 내게 시집온 당신
60여 년 시어머니를 모시며 모든 어려움을 잘 견뎌 주었소.
당신의 능력과 적극성 덕분에
가정을 잘 꾸려 우리 집안을 일으켜 세웠소.

나와 살면서
당신이 겪었을 가장 큰 고통은
한 번도 살가운 표현을 하지 않는
나에 대한 서운함이었을 수도 있을 것 같소.

예쁜 옷도 사고 싶고
가끔 외식도 하고 싶었을 텐데
한 번도 내색 안 했던 당신
지금 와서 생각해 보면
별것도 아닌데
그 아무것도 해주지 못한
나는 참으로 못난 남편이었소.

거울처럼 마주 보며 살아온 세월
아름다운 정원 함께 거닐고 싶고

훌훌 여행도 함께 가고 싶은데
곱던 얼굴에 하나씩 잔주름 늘고
그 명석한 두뇌도 이젠 기억력이 점차 쇠퇴해 가고.
모든 것이 뜻대로 되지는 않소.

당신은 노년에 'sunset'으로 아이디를 만들어 사용했죠.
작렬하는 태양처럼 살다가
한순간 멋지게 세상을 떠나는 일몰을 꿈꾸었죠.
그런데 지금 우리는 가늘고 길게 사는 것 같소.

외로운 밤
찬 서실에서
당신의 존재가 더욱 소중해지는구려.

어머니의 일생

어머니! 이 단어는 조심스럽게 입에 담을 때마다 고향 같은 안온함과 편안함, 그리고 말로 표현할 수 없는 풍성함과 사랑을 느끼게 된다. 이 위대한 이름을 생각할 때마다 늘 그립고 정겨움을 떠올린다. 그것은 어머니의 몸이기도 하고, 내 몸이며 영혼이기도 하기 때문이다.

그러나 그런 어머니와 어린 나의 어머니는 달랐다. 늘 어머니와 함께했던 시간은 짧았고 충분하지 못하여 난 늘 어머니가 그리웠다. 보통의 다른 가정에서는 당연했던 보통 어머니의 모습을 소박하게 갈구하면서 살아야 했기 때문이다.

유아기 시절부터 손주를 키우고 먹이며 유치원까지 손 붙들고 데려다주신 할머니가 옆에 계셨지만, 할머니께서 해주실 수 없는 일이 있었다. 직장생활을 마치고 퇴근하시는 어머니 구두 발걸음 소리가 주택 골목 입구에서부터 또각또각 들려오면 그때부터 어린 내 마음은 설렘에 부풀고 기대감으로 가득하게 되었다. 오늘은 어떤 얘기를 들려주실까? 궁금해하면서 기다렸던 기억이 난다. 어머니가 들어오신 후 가정의 분위기는 순식간에 달라지고, 흑백에서 총천연색 빛깔로 변하듯, 무채색에서 무지개 색깔로 변하듯 청량한 목소리의 어머니가 이야기를 시작하시면,

우리 가족은 모두 어머니 주변에 둘러앉아 어머니의 말씀을 들은 후 웃음꽃을 피우며 행복해했던 기억이 있다.

어머니에 대한 추억으로 몇 가지 기억을 되살려 본다.

유치원 생일잔치에 기대를 안 했는데, 어머니가 불현듯 오셔서 무척 반갑고 고마웠다. 그때 어린 나에겐 어머니가 이 세상의 모든 아름다움 중에서 최고로 빛나는 존재로 기억되고 있다.

초등학교에 입학한 후에는 학부모의 학교 방문 행사에 거의 못 오셨다. 그 당시 극성 엄마들의 치맛바람은 사회의 문제가 되고 있을 때였지만, 어린 시절의 나는 오히려 학교에 자주 오는 다른 친구의 어머니가 부럽기도 했다.

퇴근 시간이 되면 재깍거리는 시계에 맞춰 숫자를 세어가며 동생과 어머니를 기다리던 중, 어머니께서 전화로 오늘은 회의가 있으니까, 기다리지 말고 할머니와 저녁 식사를 하라고 얘기하실 때 어린 나는 말할 수 없이 서운하고 실망하고 좌절했다. 내성적이고 온순한 성격인 탓에 겉으로 표현하지 못했지만, 맏이로서 이야기를 나눌 오빠, 언니가 없었기 때문에 어머니와 조금만 더 깊이 있는 대화를 하고 싶었고 즐거운 추억도 만들고 싶었는데, 어머니께서는 시간의 여유가 언제나 늘 부족하셨고, 그래서 안타까운 마음으로 더욱 어머니가 기다려졌는지도 모르겠다.

주 중에는 늘 바쁘셨지만, 주말이 되면 목욕탕에 함께 나를 데리고 가시곤 하셨다. 그 당시는 공중목욕탕이 일반적이었는데 어린아이였던 나는 가끔은 목욕을 하기 싫은 생각이 들기도 했지만, 한 주 동안 쌓였던 어머니에 대한 그리움을 씻겨낸 때와 함께 조금씩 씻어내리는 기회가 되었다.

일요일에는 어머니와 교회에 갔는데 좀 늦게 도착한 날이면 나는 뒷자리에 빨리 앉으려 했지만, 어머니는 재빨리 앞 좌석에 가서 앉은 후 손짓으로 나를 불러 꼭 어머니 옆자리에 앉히셨는데, 앞자리에서 좋은 말씀을 듣게 하는 동시에, 잠시라도 어머니 곁 가까이에 두고픈 어머니의 마음이었을 것이다.

어머니는 늘 칭찬을 하셨고, 기회만 되면 맏이인 나를 어머니와 동행하게 했다. 어머니가 걸스카우트 대장으로 학생들을 인도하실 때 여름 수련회가 대천에서 있었다. 그 당시 유치원 가기 전 시절인 어린 나를 데려가셨는데 어머니의 모습이 얼마나 자랑스러웠는지 모른다. 대꼬챙이에 매시맬로우를 구워 먹으며 하였던 캠프파이어며, 바다의 여왕 뽑기 등, 건강한 운동과 협동 정신을 배양하는 게임으로 젊은이를 단련하는 그 과정들이 아름다움으로 다시 살아난다.

지금 생각하면 아쉽고 부족했지만, 그 바쁜 가운데서도 시간을 짜내어 나와 우리 삼 남매에게 엄마의 사랑에 굶주리지 않도록 무척 노력하셨다.

대학교 입학 후 첫 방학 때, 어머니는 속리산에서 열렸던 가족 기독교 신앙 세미나(보통 부부동반)에 아버지 대신 나를 데리고 가서 신학과 교수님의 세미나 강연을 듣는 시간을 가진 기억이 난다.

많은 시간을 함께하지는 못했지만, 나의 어머니는 못다 한 사랑을 액기스로 부어 주셨던 거 같다. 어머니는 많은 직장 일과 봉사활동 가운데서도 시간을 쪼개어 자녀와 함께하려고 하신 듯하다. 그래서 어머니 함께한 시간은 인상적이고 지금도 선명하게 머릿속에 강렬한 기억으로 남아 있다.

노후에 부모님은 서울의 동생 집에 머무시게 되었고, 부모님을 뵈러 서울에 올라가면 일요일엔 어머니를 모시고 교회에 함께 나가 예배를 보게 되었다.

예배가 끝난 후 점심 식사를 하기도 하고, 교회 앞 찻집에서 사진도 찍으며 어머니와 데이트하는 시간은 더없이 기쁘고 행복했던, 천국을 느끼는 순간이었다.

어머니는 길을 가시다가도 어린이를 보시면 언제나 허리를 숙인 후 눈높이에 맞추어 아이를 쳐다보시고 예쁘다 하셨다.

또, 식물과 꽃을 좋아하며 꽃 이름을 참 많이 알고 계셨다. 계절별로 달라지는 풍경 속에 하나님의 오묘한 섭리를 느낀다며 하신 어머니는 소녀처럼 곱고 세심한 감성을 가지셨다.

되돌아보니 평생 열성을 다해서 이루어 놓으신 일, 명예, 집,

훈장, 수많은 상장보다도 더욱 고귀하고 값진 것은 존경스러운 어머니의 성품이었다.

많은 어려움과 고생 속에서도 원망이나 불평이 없으신 어머니! 불의에 타협하지 않고 용감하셨던 어머니! 밝은 미소로 만나는 사람마다 긍정적 에너지와 활력을 주신 어머니! 자신의 욕심이나 가족보다도 사회와 국가에 충성하신 어머니! 작은 체구이나 단단한 정신력으로 늘 정의를 쫓아서 소리를 내셨고, 심신을 불태운 정열로 직장 일이나 사회와 나라를 위한 봉사활동을 하면서도 틈틈이 나와 동생을 돌보아 주셨음을 감사드린다.

– 큰딸, 박진수, 전 영진대, 계명대 강사–

유치원 생일잔치 1967.

대명동 집에서 1987.

가족사진 1983.

아침 사과, 저녁 사과

"아침 사과는 보약이고, 저녁 사과는 독이 된다네."

퇴근 후 저녁에 사과를 먹을 때마다 우려 섞인 같은 말씀을 하셨다. 장모님은 사위의 건강을 걱정하며 같은 말을 자주 하셨다.

장모님은 속이 투명한 분이다. 무슨 생각을 하시는지, 앞으로 무슨 행동을 하실지 다 알 수 있었다. 예측이 되는 말, 예상이 되는 행동. 그래서 마음이 편했다. 뒤로 돌려 생각하거나, 속마음을 숨기지 않고 다 표현하셨다. 저녁때 만나면, 나는 그냥 듣기만 해도 그 날 무슨 일이 있었나 다 알 수 있었다. 우린 가족공동체라는 소속감이 따스했다.

장모님은 보이는 대로 다 믿으셨다. 이유를 달거나 따져 묻지 않고 다 믿으셨다. 사람에 대한 믿음, 세상에 대한 희망을 쉽게 버리지 않으셨다. 그러니까, 그렇게 큰일을 하셨나 보다. 불꽃처럼 평생을 온몸으로 불태우셨다. 아무 때 묻지 않은 마음이기에 믿음과 소신이 오롯이 유지되셨나 보다.

大義와 正義에 맞지 않는 일에는 불같이 항거하셨다. 힘 있는 사람이면 눈감아 주는 것이 편한데 원칙대로만 사셨다.

그래서 뜻을 같이하는 분도 많으셨나 보다. 의자매를 맺는 것이 쉬운 일은 아닐 터인데. 친구들도 제자들도 후배들도 한 번 맺은 돈독한 관계를 평생 지속하셨다. 타고난 성품인지 가정교육이나 좋은 공교육 혹은 종교의 힘인지 하나님의 거룩하고 성스러운 사랑의 울림이 때 묻지 않은 깨끗한 성품에 깃들어 위력을 발휘하였다.

온천이라도 자주 모시고 갔었더라면, 근사한 식당에도 자주 모시고 갔었더라면 좋았을 텐데. 일이 바빠서 못해, 애들 뒷바라지로 못해. 이 핑계 저 핑계 대다가 시간은 다 흘러만 갔다.

오늘도 나는 저녁 사과를 먹는다.
'아침 사과는 보약이고, 저녁 사과는 독이 된다네'
어디선가 집의 어느 코너에서 고이 품고 있었던 장모님의 카랑카랑한 목소리가 내 귓전을 울리는 것 같다. 그러나 이제는 장모님이 노쇠하여 사위를 위하는 그 잔소리 같은 말씀을 못 듣는다.

빨리 쾌차하셔서 같은 소리라도 좋으니 다시 한 번 들었으면….

-사위 남기병(내과 교수)-

가족사진 2017.

내 삶 속의 어머니

취학 전 어린 시절

다섯 살 때쯤으로 기억된다. 스케치북도 나만의 공책도 없던 시절이었다. 심심하여 엄마 방에 들어가 놀다가 여백이 많은 공책이 보였다. 빈 백지 부분에 연필로 여자아이와 꽃 그림을 내 마음껏 그려 놓았다. 나중에 엄마가 보시더니 당황해하셨다. 어렸지만 나는 금방 내가 큰 잘못을 저질렀다는 걸 알 수 있었다. 엄마는 화가 났지만 침착하려 애쓰시는 모습이었다. 그 공책은 엄마에게는 아주 중요한 학습 교안지 책 중의 하나였다. 아마도 엄마에게는 여러 날 여러 시간의 공들인 작업이 허공으로 날아가 버린 속상한 순간이었을 것이다. 그러나 엄마는 침착하셨고 어린 나의 황당한 실수에 대해 오히려 따뜻한 음성으로 허락을 받지 않고 남의 물건에 손대는 건 안 된다고 타일러 주셨다. 평생 체벌 한 번 안 하셨으며 해야 할 일들은 해야 할 이유를 설명하였고 해서 안 될 일들은 하지 말아야 할 이유를 어린아이가 이해할 수 있는 수준에서 잘 타일러 주셨다.

초등학생 시절

내가 초등학교에 입학도 하기 전에 부모님은 늦깎이 면학을 하시려고 미국에 가셨다, 우리 삼 남매는 할머니와 함께 텅 빈 것 같은 집에서 살았다. 할머니는 우리에게 많은 사랑과 정성을 부었지만, 그래도 성장기 어린아이의 마음은 늘 허전하였다. 가끔은 그리웠고, 가끔은 허전하였고, 가끔은 집안이 너무 쓸쓸하여 엄마의 가슴에 파묻혀 울고 싶을 때도 있었다.

즐거워야 할 운동회나 소풍날에도 나에게는 어머니가 불참하여 즐겁지 않았다. 소풍날 다른 어머니들은 모두 한복을 입고 따라오셔서 각 아이들의 뒷줄에 서서 사진을 찍으셨는데 나만 뒤에 엄마가 없었다. 달아나고 싶었고 발버둥 치며 불만을 토로하고 싶었다.

나는 내성적인 편이었다. 어머니가 미국에서 2년 만에 귀국하셨을 때 오히려 서먹하고 어색해서 품에 안기지 못하고 멀리 바깥에 도망가 있던 기억이 난다.

저학년 때 혼자 책가방을 챙기느라 애썼지만, 학교에 가서 보면 늘 한두 가지 준비물을 빠뜨려 선생님으로부터 꾸중을 들었고, 또 하교 시에 갑자기 비가 오는 날이면 친구들은 우산을 들고 기다리는 엄마를 보고 "엄마." 하고 반갑게 소리치며 엄마 손잡고 정답게 하교하는데 나는 우산 없이 숨 가쁘게 집으로 뛰어간 후 수업이 조금 더 늦게 끝나는 언니 오빠의 우산을 챙겨 다시 학교로 향해야 했다. 엄마는 왜 그렇게 바쁜 분일까 이해할 수가 없었고, 따뜻한 어머니의 손길이 너무나 절실했다. 소풍 전날 돈을 주시면 시장에 가서 스스로 과자를 샀고, 다음날의 소풍 준비를 해야만 했다. 돈은 넉넉했지만 어쩐지 스스로 해야 하는 과정은 나를 외롭게 하였고, 동심은 달콤하지를 않았다. 가족 모두가 늘 자기 몫의 일에 정신이 없었다. 나는 막내였지만 막내의 특권인 어리광을 부리지 못했다. 곧잘 혼자 멀리까지 심부름도 가곤 했다. 그때는 싫었지만 지금 생각해보니 바쁜 엄마 덕분에 나는 일찍부터 자립심을 키우는 좋은 기회를 얻게 되었다.

중·고등학생 시절

어머니는 계성초등학교 교장으로서 열정적으로 일에 몰두하시고 다른 사회활동에도 정열을 쏟으셨다. 사회를 조금 이해하기 시작한 나는 1970년대에 단아한 고대 머리, 날씬한 다리에 단정한 투피스 정장을 입고 아침 일찍 당당히 출근하시는 어머니가 무척 자랑스럽게 보이기 시작하였다.

퇴근 시간은 항상 늦었지만, 퇴근 후 다양한 이야기감으로 우리를 즐겁게 하며 우리 가정의 활력소 역할을 해 주셨다. 어머니의 삶은 부지런했고 철두철미하셨다. 밤늦게까지 다음날 할 일을 모두 준비하셨다. 출근 시간이나 약속 시각을 철저히 지키기 위해 저녁에 립스틱 솔에 립스틱까지 발라 놓고, 다음 날 입을 옷과 스타킹 등을 모두 챙겨 둔 후 잠자리에 드셨다.

중학교 때다. 자수 수예 숙제가 있었다. 한 땀 한 땀 꽃무늬 자수를 놓아 미니 병풍을 만들어야 하는데, 몇 날 며칠 밤을 새워도 제대로 되지 않고 눈은 따가워 엉엉 울고 말았다. 그때 어머니가 옆에서 방법을 가르쳐 주고 도와주셨는데, 어머니가 섬세한 수예를 이렇게 빠른 손놀림으로 잘하시는지 숨은 실력을 처음 알고 너무나 놀랐다.

고등학교 때 생활관에 들어가 며칠 예절 교육을 받고 마지막 날 어머니들 참관 시간이 있었다. 저녁에 많은 어머니들이 생활관에 모여 앉으셨는데 분위기가 상당히 어색하였다. 그때 어머니가 갑자기 앞으로 나와서 즉석에서 사회를 하며 먼저 노래를 한 곡 부르신 후 레크리에이션을 이끄시자 분위기가 완전히 바뀌었다. 그때 내 어깨가 얼마나 으쓱했던지….

학교에서 이해가 잘 안 되던 물상 과목, 집에서 어머니의 명쾌한 설명을 들으면 완전히 이해가 되었다. 고등학교 때 연거푸 전교 1등을 하자 선생님께서 날 부르신 후 "너거 집에 가서 밥 한번 먹어야겠다. 한턱내라." 하셨다. 요즘 같으면 "어머니께서 좀 바쁘십니다."라고 답하거나 간단히 식당에 모실 수도 있었겠지만, 그 당시는 선생님이 하신 말씀은 그대로 순종해야 하고 또 집에서 대접하는 게 예의라고 생각했다. 요리도 잘 못 하는 어머니께서 밤을 새워 끙끙거리며 음식을 준비하셨다. 십여 명 이상의 동 학년 선생님들이 모두 우리 집에 오셨다. 내가 좋은 성적을 내었다는 엄마의 행복이 정성을 다하여 음식을 장만하게 했다. 당일에는 가정과 출신으로 맛깔나고 정갈한 음식을 잘 만드는 종옥 이모가 요리 솜씨를 발휘하여 멋들어진 손님 대접을 했던 기억이 난다.

대학생 및 전공의 시절

어머니께서 그토록 원하셨던 의과대학에 입학했다. "여자가 당당하게 살려면 전문직이 좋고 훌륭한 사람을 키워내는 교사도 좋지만, 아픈 사람을 고칠 수 있는 의사의 길이 더 좋을 것 같다."는 은근한 희망을 내가 아주 어릴 때부터 자주 내비치셨다. 드디어 어머니의 소원을 성취시켜 드린 것이다.

그러나 기쁨도 잠시, 의대 생활은 너무나 고되고 힘들었다. 오랜 세월을 힘겨워할 때마다 어머니가 보내주신 명언, 성경 구절, 축하 카드 등 격려 덕분으로 어머니의 따뜻한 사랑을 느끼며 객지에서 외로움을 달랠 수 있었다.

"자기의 인생은 자신이 갈고 닦아 펼쳐 나가야 한다. 새가 자기의 날개로 날아가듯 너도 너의 날개로 날아야 한다. 참된 앎은 교과서 속의 빌려온 지식이 아니라 너 자신이 몸소 부딪쳐 체험한 것이어야 한다."시던 어머니의 말씀은 힘든 전공의 시절에 환자를 돌보느라 며칠 밤을 새우며 '고달픈 생활이 참된 배움의 귀한 체험'으로 생각하고 견딜 수 있었다. 이 교훈들은 지금 내 가슴속에 살아 숨 쉬는 채찍이고, 앞으로도 내 생애의 좋은 교훈이 되어 살아가게 될 것이다

결혼 후 의사 시절

소아과 의사가 된 후 'TV 건강프로그램'에 출연할 기회가 많았다. 어머니께 전화를 드리면 어머니는 동네방네 친척들께 전화를 했다. "우리 미정이가 TV에 나온다. 빨리 틀어 봐라." 별것 아닌 것을 이렇게 자랑하는 엄마의 모습에 역정을 내었지만, 자식이 그렇게도 대견하고 자랑스러운 것이 엄마의 마음이란 걸 이제야 깨닫게 된다.

중년 시절

어머니께서 퇴임 후 각박하고 힘든 삶을 내려놓고 우아하게 사실 것을 기대했으나 운명은 그리 순탄하지 않았다.

언니가 삶에 힘든 경험을 하고 있었고, 건장했던 오빠가 갑자기 돌아가셨고, 퇴직금과 평생 모아둔 모든 돈을 지인에게 빌려준 후 모두 사기당했다. 게다가 당뇨병까지 얻으셨다. 식사는 제때 하시는지, 당뇨병 조절은 제대로 하시는지 자주 전화로 안부를 묻긴 했지만, 부모님 두 분만 대구에서 외롭게 사시기에 여러 가지 걱정이 되었다. 서울에 오셔서 초등학생 어린 연주, 현욱이도 좀 돌봐 주시면서 우리 집에 같이 살기를 제안했다. 서울에 오실 것을 기꺼이 허락하셨지만, 추억 많고 화려했던 대구의 모든 생활을 청산하고, 그 많던 짐을 다 정리하고 우리 아파트의 한 칸 방에 짐을 꾸려 넣으셨을 때 그 마음은 어떠했을까?

"괜찮다. 비움은 곧 채움이다."라고 말씀하셨지만 정말 많이 미안하고 마음이 아팠다. 그래서 우리 나름대로 최선을 다해 부모님을 모셨다. 저녁마다 퇴근길에 맛있는 음식을 사 와서 야식을 둘러앉아 먹었고, 주말마다 드라이브를 가서 외식을 했다. 꽃을 좋아하는 어머니를 위해 베란다에 화초도 키우고, 예쁜 소품을 좋아하는 어머니를 생각하면서 집안 장식도 최대한 많이 했다.

마음씨 착한 사위와 귀여운 손주들의 성장 과정을 보며 행복하게 노년을 보냈으나, 해가 갈수록 작아지는 어머니의 모습이 느껴졌다. 그러나 더욱 잔잔한 여유와 깨끗함은 커지고 있는 어머니셨다.

이 세상에 영원한 것이 어디 있는가? 세월 앞에 장사가 없다고 꼿꼿하고 당당했던 자세는 점점 구부러지고 천재적인 기억력은 점점 흐려 가신다. 자식으로서 최선을 다했지만, 생명은 우리가 원하는 대로 조율할 수가 없어 안타까울 뿐이다. 늦기 전에, 아름다웠던 어머니의 삶의 이야기를 꿰어 남기고 싶어 어머니의 품성을 생각하며 이 글을 쓴다.

-차녀 박미정(소아청소년과 교수)-

경북도청에서 1969.

한국 교육자대상 축하 가족사진 1997.

공감과 신앙의 힘

누구나 결혼을 앞두고 시집살이에 대한 걱정이 없었으랴마는 나는 특히 더 그랬던 것 같다. 시어머님 되실 분이 최 교장 선생님이란 사실이 자랑스럽기도 했지만, 많이 겁먹었고 걱정이 앞섰다. 깐깐하고 완벽하신 분으로 대구에서는 소문이 자자했기 때문이다.

결혼한 즉시 우리는 서울에서 신혼생활을 시작하였다. 자연히 시집살이는 없었다. 소문과는 정반대로 호랑이 시어머님이 아니라 자상하고 살뜰하고 늘 공감해주는 어머님이셨다.

나는 25살 철없는 나이에 결혼하였다. 신혼생활은 여러 부분에서 어려운 점이 많았다. 개성과 성장 과정이 다른 두 성인 남녀가 한 우리로 합하여지는 과정은 그리 만만치가 않았다. 갈등이 생기고 부딪히기도 하며, 외아들의 특혜로 자란 남편과는 속상하고 이해할 수 없는 일도 생겼다. 그때마다 어머님께 전화를 드리면 내 하소연을 들어주셨고, 무조건 며느리 편이 되어주셨다. 한참 동안 어머님과 통화하고 나면 답답하고 힘든 내 마음이 완전히 풀렸기에 힘들 때마다 친정어머니께 전화하는 게 아니라 시어머님께 전화를 드렸다. 어리광 섞인 며느리의 하소연을 끝까지 듣고 공감해주시고 상담을 해주셨다. 그런 어머님의 속 깊은 이해심은 우리 가정이 원만하고 행복한 가정으로 성장해 가게 한 원동력이 되었다. 어머님의 지혜와 현명함과 사랑은 평생 열정을 쏟으셨던 어머님의 어떤 사회공헌보다 훨씬 존경스럽다.

대구에 갈 때마다 아버님 어머님을 모시고 삼덕교회에 가서 예배를 드렸는데 힘든 삶을 이겨낼 수 있는 것은 신앙의 힘이라고 늘 일깨워 주셨다. 예배 후 목사님과 교인들께 며느리를 소개하실 때면 부족한데도 나를 무척 자랑스러워하셨다. 그 자랑스러워하심이 나에게 큰 자긍심을 안겨주었다. 어머님의 며느리이므로 내가 해야 할 아름다운 하나님의 임무가 주어졌을 거라는 믿음도 우러났다.

1999년, 추석을 앞두고 남편이 일주일 정도 원인 모를 열이 나서 검진받으러 병원에 입원했다.

검사 도중 의사의 실수로 동맥혈관 파열을 일으키게 되었고, 밤사이 방치되어 남편은 치명적인 상태가 되었다. 중환자실 옆 보호자실에서 어머님께서는 식음을 전폐하고 머무르시면서 밤낮없이 기도하셨다. 그 기도는 견뎌내야만 한다는 격려였고 견뎌낼 수 있다는 신념의 힘이었고, 견뎌낼 힘이 하나님으로부터 온다는, 믿음의 힘이 되었다.

내 나이 만 32살에 만일곱 살, 두 살, 한 살의 삼 남매를 두고 남편은 하느님 곁으로 떠났다. 청천벽력 같은 하늘이 무너지는 절망이었다.

그러나 하나님은 감당할 수 있는 고통만 주신다고 하셨다. 내 기도 중에 들려오는 주님의 섬세한 음성으로 차차 기운 차려지고 생기가 돌았다. 어머님의 애틋한 사랑과 정신적인 물질적인 도움이 없었다면 나는 흐물흐물 무너졌을 것이지만, 어느덧 20여 년의 세월을 잘 견뎌냈다.

돌이켜 보면 어떻게 지나왔는지 모르는 길고 어두운 인생의 터널이었다. 믿지 않던 집에서 시집온 후 신앙인이 되어 고난과 두려움이 밀려올 때 전적으로 하나님을 의지하고 살아갈 수 있게 해주신 것은 모두 어머님 덕분이다. 힘들 때 어머님께서 조용하게 지켜주심과 공감과 간절한 찬송과 기도가 있었기에, 내가 바로 설 수 있었고 힘든 시간을 잘 이겨낼 수 있었다.

지금 나는 주님이 주시고 키우신 우리 세 남매들을 바라본다. 아이들을 위해 늘 기도하시는 아버님 어머님 그리고 하늘에 계시는 남편을 향하여 머리 숙여 고마움을 느낀다.

어머님께서 예배를 인도하실 때마다 부르셨던 찬송가를 지금 불러본다.

"지금까지 지내온 것 주의 크신 은혜라

한이 없는 주의 사랑 어찌 이루 말하랴

자나 깨나 주의 손이 항상 살펴 주시고

모든 일을 주안에서 형통하게 하시네"

-며느리 남경화(약사)-

성준의 백일 잔치 1999. 7.

가족 사진 2017. 2.

최종선

　언니와 만난 지 어언 20여 년이 흘렀다. 언니도 나도 이제 팔순이 지났다. 시간은 그렇게 우리 몰래 지나가 버렸다. 지난날 언니와 함께했던 크고 작은 일들을 회상하니 감회가 격동한다. 4남5녀 중 언니는 2녀, 나는 3녀로 우리는 가장 친근하였고, 가장 많이 다투기도 한 어린 시절을 보냈다.

　그러나 언니는 중학교 때부터 대구로 가서 공부하였고, 나는 반야월에 남아 밤낮으로 부모님을 도와 일을 하며 많은 고생을 했기에 언니가 부럽기도 하고, 때로는 질투도 하였고, 부당한 대우를 받고 있다는 불만을 품기도 했었다. 불만은 내 학구열을 불 지폈고, 나도 언니 뒤를 이어 공부를 계속할 수 있도록 강한 정신력을 주기도 했다.

　언니가 결혼할 때였다.

　그 결혼은 어머니가 돌아가신 후 첫 번의 큰 가정행사이기도 했다. 어머니는 안 계시고, 언니는 교직생활로 바쁜 가운데 혼자 결혼을 준비했었다. 내가 밤새 솜을 타서 언니의 신혼 이불을 만들었던 기억도 난다. 이불을 만들면서 어머니를 많이도 그리워했지. 하늘에서 사랑하는 딸의 결혼을 축복해 주시리라 믿었지만 슬프기도 했다. 짧은 순간이긴 하지만 어머니를 일찍 데려가신 하나님이 원망스럽기도 했고….

어머니의 빈자리는 언니가 늘 대신했다. 아버지는 시골에 계셨기에 중요한 일을 결정할 때는 형부가 아버지의 역할을 대신하셨다. 내가 대학교 면접시험을 갈 때도 원서의 보호자란에 형부 박관식 이름을 적었다. 1차 관문인 수학 문제 풀기를 무사히 통과한 후 2차 면접에서 내 이력서를 본 면접관이 "어? 보호자가 박관식이면 최종덕 선생의 동생이네. 그럼 똑똑하고 믿을 만한 학생일 거야." 하면서 일사천리로 면접이 진행되어 합격했으니 언니와 형부의 덕을 톡톡히 본 듯하다.

대학교 다닐 때도 내가 등록금이 없을 때 언니에게 부탁하면 언제나 기꺼이 도와주었다. 매사에 반듯하고 철저했다. 우리 형제들과 가족들을 위하여 많은 희생으로 도와주었던 언니는 부모님께도 가장 효도를 한 자식이었다.

1989년, 목회활동을 하는 남편을 따라 나는 미국 LA에 이주하게 되었고 그후 언니를 자주 만날 수는 없었지만, 한국에서 활발하게 교육 및 사회활동을 하는 언니와는 가끔씩 통화를 하였다. 언니는 늘 자랑스러운 언니로 내 마음속에 남아 있다.

시골의 햇볕에 그을린 경북 반야월의 소녀들이 나이 구순을 바라보게 되니, 젊은 날 어려웠던 일이나 사소한 일로 서로에게 느꼈던 섭섭한 감정은 다 사라지고, 어릴 적 함께 했던 아름답고 소중한 추억과 따뜻한 감정만 뇌리에 남게 된다. 그래서 혈육이란 중요한가 보다.

언니야. 내가 한국 한번 나갈 때까지 건강하게 살아줘.

-여동생 최종선, 목사 사모-

인정 많은 형님, 존경하는 선생님

나는 선생님의 가족이면서 제자다.

1971년 선생님의 바로 아래 동생 종철 님과 내가 결혼함으로써 시누님과 올케의 관계가 맺어졌고 그 훨씬 전, 1959년 봄날 신명여자고등학교로 진학하면서 선생님을 만났다. 선생님은 서울 문리대 물리학과 출신으로 학교에서는 물리와 수학 과목을 담당하셨다.

최종덕 선생님은 내 친정 오빠인 김기현 님과 성명여중 교사 동기다.

두 분은 3학년 각 반의 담임으로 교직생활의 첫발을 내디디고 교단에서 순수한 교육 열정과 이상을 힘껏 발휘하셨고, 두 반은 담임 선생님들의 극성이 대단하였다

내가 고등학교에 입학 한 해에 선생님은 가르치는 과목을 그전 해의 부전공인 수학에서 주전공인 물리로 옮겼다. 수학이나 물리나 여고생이 반겨 즐기는 과목은 못 된다. 물리 시간에 몸 비틀고 지루해하는 건 수학 시간보다 더하면 더했지 결코 덜하지는 않다. 그 시간에 그나마 눈동자를 두리번거리지 않고 선생님의 설명을 따라오는 학생이 한 반에 몇 명 되었을까? 나는 그 소수 중의 한 명이었다.

나는 선생님을 처음 만나는 순간에 깜짝 놀랐다. 놀라기도 하였지만 이건 신의 공평하지 못한 혜택이다. '이렇게 한 사람에게 모든 혜택을 집중하여 퍼부어주시다니…' 하는 질투심이 발동하였다. 그건 선생님의 여성다움과 미모 때문이다.

대구 지역에서 중고등학교의 선생님들의 학력에서 서울대학이란 문패는 결코 흔치 않았다. 주로 지방의 국립대학인 경북대학이었는데, 선생님은 서울대학 중에서도 중심이 되는 문리대 물리과를 여자의 몸으로 전공하였으니 참으로 놀라운 일이다. 이런 외적인 기록으로도 기가 꺾이지만, 교실에서 가르치는 방법과 열정에는 더욱 감탄했다. 학생들은 특별히 선생님을 겁냈다. 이유는 선생님이 교실에서 권위를 세웠다거나 체벌을 해서가 아니다. 오로지 알찬 실력 때문이었다. 시시껄렁한 이야기나 잡담만 하고 교과서를 그대로 대독하는 식의 수업에서 불만이 많았던 나에게는 선생님의 수업은 공부하는 맛이 났다.

물리란 학문의 세계에 대한 전반적인 오리엔테이션으로 수업이 시작되었다. 물리학에 대한 거장들, 노벨 물리학상을 받은 사람들의 학문적인 업적도 수업 진행 사이사이에 맛깔스럽게 삽입됨으로써 우리들에게 큰 꿈을 꿀 기회를 만들어주셨다.

이런 것들뿐 아니다. 지루해 몸부림하는 학생들에게 집중력이 필요하다 싶으면 재미있는 인문학 이야기도 들려주셨다. 이런 이런 책들을 읽으라고 독서목록을 알려주기도 했는데, 그중에는 틀에서 벗어나 일탈의 멋을 부린 행동을 그린 책들도 있었다. 한 마디로 고리타분함만 있는 그런 책벌레가 아닌, 자유함과 다양함 꿈을 줄 수 있게 한 그런 멋있는 분이셨다.

선생님에 대한 일화

나와 고교시절 친한 친구로부터 들은 이야기다.

그 친구의 큰언니는 최 선생님과 고등학교 동기인데 고교 시절에 막둥이 여동생이 태어났다. 그분은 엄마에게 이렇게 말했다. 우리 반에 최종덕이란 아이가 있는데 엄청 똑똑하고 예쁘다고, 아무도 그 아이를 비트 할 수 있는 사람이 없다고, 아이 이름은 최종덕이처럼 똑똑하라고 종덕이라고 짓자고. 그래서 그 집 막냇동생 이름은 종덕이로 이름 지어졌다.

대학에서다. 반 친구가 내가 대구 출신이라니까 나도 알지 모르겠다는 생각에서인지 이런 이야기를 했다. 자기 언니가 물리학과 출신인데 물리과에는 대구서 온 최종덕이란 언니가 있었단다. 그분은 너무나 광범위하게 아는 것이 많고 똑똑했다고, 별명이 걸어 다니는 백과사전이라 했는데 최종덕을 모르면 문리대 출신이 아니라고.

나는 무척 반가웠다. 그분이 내 모교의 선생님이란 게 자랑스러웠다. 내가 남편과 데이트를 했을 때 맨 먼저 그 친구한테 전화했다. 최종덕 선생님의 동생과 결혼한다고, 그 친구 대답은 수재집안으로 시집가는구나, 축하한다.

선생님께 겁먹다

내가 손아래 올케가 되었다고 특별히 기합을 준 적은 단 한 번도 없다. 오히려 내가 나고 자란 환경이 과수원집 시집살이에 혹 어려움이 있을까 각별한 배려를 해주셨지만, 나로서는 쉬운 분은 아니었다. 내가 형님 앞에서 조심하게 되는 건 나의 덜렁 거리는 성격과 대조되는, 형님의 꼼꼼하고 자상하며 완벽함 때 문이다. 성품으로나 인격으로는 절대로 나에게 시집살이시킬 분은 아니지만, 덜렁이는 섬세한 분 앞에서 약점이 쉽게 드러 나기 마련임을 잘 아니 그게 두려웠다. 내 발이 저절로 저렸던 거다.

배려와 고마움

서울로 출장 오실 때마다 우리 집에 들렀지만, 매번 빈손이 아 니었다. 손아래 올케에게도 무례한 폐를 끼치지 않았다. 시댁에 서의 가족모임에서도 늘 그랬다. 언제나 우리들의 생활을 걱정 하였고 조금이라도 보탬이 되려고 노력하셨다. 그 작고 큰 배려 의 고마움을 나는 미련하게도 제대로 한 번 표현하지 못했다.

그런 미련한 나에게 잊을 수 없는 감동을 주셨다

1994에 남편 종철 님이 갑작스레 심장마비로 가셨다. 뚜렷한 선행을 해보지도 못하고 떠난 남편을 가슴 아프게 생각하신 형님이 동생의 이름으로 장님에게 빛을 선사하자는 개안 운동에 남편 이름으로 헌금했다고 하셨다. 한 구좌당 일정한 금액을 기부하는 형식이었던 걸로 안다. 감격하였고 고마웠다. 동생의 영혼을 사랑한 그 깊은 마음이 내 영혼을 먼저 떨리게 했다.

남편이 가기 전 어느 해다

형님은 미국서 고국 방문 온 나에게 큰돈을 주셨다. 그곳의 한 여동생 종옥과 다른 남동생 부수와 함께 맛있는 식사하라고.

노동절 연휴 때 세 가족 전원 부수 도련님과 아내 아들 성훈, 세명, 종옥, 시누이와 남편 손상곤, 두 아들 범철 범준 4명, 우리 가족 4명, 남편과 성권 성구 두 아들 모두 11명이 낭만적인 대가족여행을 하며, 처음으로 미국의 풍요로움과 광활한 미국영토를 달려보는 호강을 했다. 형님의 선물이었다.

남편 종철(뉴욕)

내 아들들에게 핀잔을 듣다

나는 형님의 학벌에 굉장한 의미를 두었든가 보았다. 물론, 나 자신은 그걸 전혀 의식하지 못하였다. 어느 날, 성권 성구는 나에게 정색으로 비난을 퍼부었다. 엄마는 교장 고모님이 가족이 아니라 서울대 출신, 의미 있는 사회활동을 하는 여걸로만 평가한다. 아마도 이 세상에서 엄마만큼 학벌이 중요한 사람은 없을 걸, 가족의 일원이 서울대 출신이란 게 그렇게 엄청난 자부심을 주는 거야?

　나는 내 아이들에게 간접적으로 은근히 혈통의 자부심과 학습의욕을 부추기려는 교육의도였다. 너도 그런 목표를 세울 수 있고 또 달성할 수 있다는 능력에 대한 자신감을 가지게 하려는 심리전이었다. 아들들은 높은 목표를 두면 엄청 노력해야 하는데 그 부담이 싫었던가 보다.

　그러든 성권과 성구도 이제 40대 후반,

　철이 난 건가. 요즘은 교장 고모, 교장 고모 하면서 저들이 먼저 뿌듯해하며 주위 사람들에게 자랑이 대단하다.

－올케 김갑숙－

수단에서 아들(성권, 성구)

최성구, 김갑숙, 남현욱, 손상권, 남연주, 최종옥,
손범철, 박미정 2004.2 뉴욕서

내 삶의 롤 모델인 고모님

고모님과 나는 상당한 연령 차이가 있어 같이 먹고 뛰어놀며 삶을 함께한 기억은 별로 없다. 그러나 고모님은 워낙 동네에서나 집안에서 총명하기로 소문난 성장기를 거치셨기에 고모님에 대한 전설 같은 일화를 많이 들었다.

고모님은 어릴 때부터 매우 총명하였고, 웅변과 운동 등 다양한 방면에 재능이 뛰어나 온 가족의 사랑과 기대 속에 자랐다. 장남이던 아버지는 고모님의 재능과 소질이 특출함을 알고 고모님에게 여성 법조인이 되길 권유했다고 한다. 가정 형편 때문에 대학 졸업 후 유학의 꿈을 접은 것은 본인은 물론이고, 우리 가족이나 국가를 위하여서도 상당한 손실이라고 주위에서 자주 말씀하셨다. 60년대 초 나의 학창시절을 되돌아볼 때 단아한 모습, 탁월한 학습지도로 능력, 그리고 인정 많고 다정다감한 마음씨로 많은 제자로부터 사랑받고 존경받는 스승이 나의 고모님이었기에 무척 자랑스러웠다.

개인적으로 잊을 수 없는 일은 중학교 2학년 때다. 영천에 계신 어머니와 함께 살고 싶은 철없는 생각으로 대구에서의 중학교 학업을 중도에 포기하고 영천으로 전학하려 했을 때, 나의 앞날을 걱정하는 간곡한 충고를 해주셨다. 충고가 먹혀들지 않으니까 안타까워하시며 장문의 편지글을 적어주셨다. 그 글을 읽고 감동을 하여 마음을 고쳐먹고 학업을 계속해 오늘의 내가 있게 하셨다. 덜 영근 나이의 아찔한 순간의 실수로 한 평생 후회하는 인생에서 나를 건져주신 고모님이 늘 고맙고 감사하다.

고모님은 늘 바쁜 가운데서도 가족들과 조카들을 위해 따뜻한 마음으로 보살펴 주셨다. 내가 대학 졸업 후 직장을 구할 때도, 결혼을 결정할 때도, 컴퓨터 프로그래밍 회사를 운영할 때도 늘 상담해 주시고 격려해 주셨다. 또 고모님은 남달리 사회봉사를 많이 하셔서 바쁜 시간 가운데서 나와 동생 성환, 성욱을 위하여 많은 시간을 돌보아 주신 것을 생각하면 그 고마움을 잊을 수 없다.

예리한 통찰력과 풍부한 경험을 가진 고모님은 자애로운 가족이고, 자랑스러운 스승이자, 내 인생의 롤 모델이며, 정신적인 지주이셨다.

-질녀 최정숙(전 컴퓨터 소프트웨어 회사 대표)-

최종덕, 최정숙, 최종옥, 최종철 1968.

최정숙 자 결혼식(앞줄: 김경포, 최종순, 최정숙, 최종덕, 최종옥, 성현분.
뒷줄: 김경덕, 최성욱, 최부수, 최성환, 최종태) 2015.

사랑이 가득하신 이모님

시간을 거슬러 60여 년 전으로 돌아가서 이모님과 함께했던 시절의 몇 가지 에피소드를 적어 본다. "경포야." 하시며 다정하게 부르시던 이모님의 목소리가 귓가에 아련히 들려온다.

날아간 나의 아이스께끼

대구남산초등학교에 갓 입학한 시절. 당시 나의 부모님은 경북 청송의 주왕산 뒤편, 너구마을에 표고버섯을 재배하러 가신 탓에 나는 대구에서 이모님과 외삼촌들과 같이 지내게 되었다. 그때 우리는 서울대 출신의 최종덕 이모님을 필두로 경북여고에 다니는 종희 이모, 경북고등학교에 다니는 부수 외삼촌, 계성고에 다니는 종태 외삼촌, 그리고 남산초등학교에 다니던 나까지 5명이 동고동락하고 있었다.

어느 일요일, 우리는 점심을 먹은 후 쉬고 있었고, 대장 이모님은(최종덕 이모) 외출 중이었다. 나는 오전 내내 마당에서 줄넘기하고 난 뒤라 피곤한 상태로 아랫목에 누웠다가 이내 잠이 들었다. 얼마나 지났을까? 귓가에 아늑하게 들리는 소리. "경포 깨워라." 누군가가 잠든 나를 깨우라는데 "나또라, 인자 금방 잠들었다. 줄넘기를 오래 하디이 피곤한 갑따." 나의 대변인 목소리다. "깨워라. 녹기 전에 묵어야지," "나또라 경포 꺼 남가

놓고 먹거라. 안 녹겠나?" 처음 아련하던 소리가 뭔가 맛있는 게 있다고 생각하니 잠이 금방 달아나버렸다. 일어날까 하고 생각하다가 사태를 좀 더 살펴볼 참으로 실눈을 가늘게 깔고 현장을 살펴봤다. "아이고, 시원하고 맛있네. 이빨 시리다." 부수 외삼촌의 소리를 들은 나는 상황 판단이 섰다. 그러니까 외출하신 왕이모께서 들어오시면서 우리들 나눠 먹으라고 아이스께끼를 사 오신 것 같았다. 당시 팥이 든 아이스께끼는 여름의 별미였다. 이번엔 실눈을 조금 더 크게 뜨고 조심스럽게 다시 살펴보는데

"아아따, 중간에 팥도 들었네. 맛있따, 그쟈?" "아이고야. 나는 입술이 얼얼하다 마는." 각자의 소감을 한마디씩 밝힌다. "다 먹지 말고 경포 꺼 한 개 남겨 놓아라," "안 되겠다. 다 녹는다. 묵고 나중에 하나 사 주지 뭐."

'나중에 하나 사 주는 게 그리 쉬운 일인가? 그래. 자기들끼리 다 먹고 치우겠다는데 내가 굳이 이참에 하나 얻어먹겠다고 비겁하게 일어나야 할까? 아니야! 이 건 나의 자존심이 걸린 문제다.' 목구멍으로 넘어가는 침을 소리 없이 삼키며 그토록 달콤한 유혹을 스스로 뿌리치는 대단한 용기와 싸우는 사이에 봉지에 든 물건이 하나둘 사라져 가고, 모두들 시원하고 맛있게 먹고 있는 그 시간이 나에게는 고통의 연속이었다. 연신 목구멍으로 넘어가는 액체가 입속에 고여 이제 더 이상 참을 수가 없을 지경에 이르렀을 때 "안 되겠다. 경포 꺼 마자 묵자."

막내 외삼촌의 목소리였다. 이윽고 마지막 내 몫이 사라진 걸 확인한 나는 참다못해 "으음." 몸을 약간 비틀면서 일어났다. "아이고. 경포 일어났네. 그런데, 우짜노. 야야, 좀 더 일찍 일어나지 해필 다 묵고나이 일나노? 다 묵었제? 쯧쯧." 안타까운 탄식만이 허공에 메아리치고 이미 봉지 속에는 다 먹고 난 허멀건 빈 대궁이만이 딩굴고 있었다.

건넌방에 있다가 이내 이러한 사실을 뒤늦게 아신 왕이모님의 분노는 우리에게 엄중한 훈화의 말씀으로 이어졌다. "야들아, 형제가 왜 형제고? 콩 한 쪽도 나눠 먹는다는 옛말을 잊었나? 그 어린애를 옆에 두고 너거들끼리 그게 목에 넘어가더냐! 부모 떨어져 혼자 생활하는 것 대견하지도 않나? 앞으로는 절대로 이러한 일이 있어서는 안 된다." 그 말씀은 어린 나의 가슴에 진한 감동으로 남아 두고두고 내가 살아가는 데 큰 교훈이 되었다.

외할머니의 추도식

우리는 외할머니가 돌아가신 날이 되면 온 가족들이 모여 할머니의 추도식을 했다. 며칠 전부터 비가 내리더니 오늘따라 억수 같은 비가 내리고 있었다.

아침부터 외숙모님과 이모들이 음식을 만들고 맛있는 냄새가 온 집안에 퍼지면 우리들은 연신 부엌을 들랑거리면서 어른들의 눈치를 살펴가며 맛있는 음식을 집어 먹으며 놀았고, 사랑방에서는 고스톱 화투놀이가 한 창이었다.

쓰리, 고에 피박! 환호와 탄성이 온 집안을 집어삼키며 마치, 잔칫집을 방불케 하는 화기애애한 분위기였다.

어느새 땅거미가 내리고 어둑어둑해질 무렵, 가운데 방에 큰 상이 차려지고, 온 가족들이 정성스럽게 만든 음식들이 하나 둘 상위에 올려졌다.

오늘따라 음식이 다 차려졌지만, 준비가 다 됐는데도 도무지 시작할 기미를 보이지 않는다. 사연인즉슨 며칠 전부터 큰비가 내려 과수원 앞 하천에 물이 불어 대구에서 오시는 선생 이모 가 도착을 하지 않으셔서 추도식이 지연되는 것이었다.

당시, 우리 외가에서는 할아버지가 계셨지만, 종덕 이모님이 참석 안 하시면 집안의 중대사를 추진할 수가 없었다. 그만큼 우리 외가에서는 종덕 이모님의 비중이 절대적이었다. 한참을 기다린 끝에 신발이며 치마 아래가 흠뻑 젖은 채로 이모님이 들어오셨다. 집 앞 하천에 물이 불어 도저히 건널 수가 없어서 하천 상류 쪽으로 올라갔다가 산 쪽으로 붙어서 간신히 오셨다 고 했다.

'효심이 지극하신 이모님! 이 빗속에 웬만하면 돌아갔을 법 도 하지만, 자칫하면 큰물에 휩쓸려 버릴 위험을 무릅쓰고 끝 내 할머니의 추도식에 참석하시는 이모님! 저토록 강한 정신력 이 있어 주위로부터 존경받고 찬사가 끊이지 아니하시는구나.' 라고 생각했다.

그후 많은 세월이 흘렀다. 돌이켜보면, 이모님은 중요한 일을 결정할 때 항상 현명한 판단으로 우리를 도와주며 삶의 중심이 되어주셨다.

특히, 친가 숙부님은 이모님에 대한 자자한 명성을 익히 아시고, 남자로 태어났으면 대한민국을 흔들었을 분이라며 늘 자랑스럽게 말씀하셨다. 그 덕분에 우리 엄마 최종순 여사도 시댁에서 톡톡히 대접을 받고 어깨에 힘(?)을 주고 살았다.

학창시절 최종덕 이모님과 박관식 이모부님은 늘 나의 자랑이었고 주위로부터 부러움의 대상이었다. 우리 가족 경숙, 경애, 경덕, 경민, 경석 모두가 이모님을 늘 자랑스럽게 생각하며 생활해 왔다.

특별히, 이모님께서는 2010년 내가 지방선거에 출마했을 때는 팔십 연세에도 직접 내려오셔서 일일이 유세장을 다니시며 모니터해 주시고, 선거에 보태 쓰라고 선거지원 금일봉까지 전해주시기도 하셨다. 항상 우리를 밝고 따뜻한 말씀으로 격려해 주시고 고령의 엄마도 지극히 챙겨주시던 이모님! "언니야. 어디서 저런 달덩이같이 예쁘고 복스러운 며느리를 보았노! 복도 많다!"라고 하시던 칭찬이 귓가에 맴돈다.

현명한 판단으로 삶을 인도해 주시고 항상 격려해 주시던 대장 이모님. 사랑합니다!

-조카 김경포-

김경애, 박미정, 최종덕, 성현분(김경포처),송두남(김경덕처) 2008.

김경포, 최종옥, 최종순, 최종덕, 최부수 2015.

떨리는 기도와 따스한 손편지

우리는 할머니 댁에 가는 날이 가장 즐거웠다.

명절이나 생신 때 우리가 잠깐씩 할머니를 뵈러 가면 팔을 크게 벌려 반갑게 맞아 주셨다. 그 정겨움과 반가움으로 나는 울컥해지며 가슴이 차오르기도 했다. 식사 전에 할머니는 또박또박한 목소리로 우리를 위해 기나긴 기도를 해주셨다. 특히 아버지의 추도식 때 할머니가 우리 집에 오셔서 기도하실 때 유난히 떨리던 할머니의 목소리.

내 나이 비록 어려도 난 알 수 있었다. 사랑하는 아들을 잃고 남겨진 우리들에 대한 걱정과 사랑. 그리고 우리가 무탈하고 건강하게 잘 살아갈 수 있도록 하나님께 드리는 간곡한 떨림의 기도였다.

할머니 댁을 방문 후 돌아올 때가 되면 한편으론 "할 일도 많을 텐데 빨리 집에 돌아가서 공부해라." 하시면서도 손주들이 좀 더 오래 머물다 갔으면 하는 섭섭한 눈치를 못내 감추지 못하셨다. 좋은 것 하나라도 더 먹여 주시려 하셨고 돌아갈 때는 뭐라도 더 챙겨주시려 냉장고 문을 열었다 닫았다, 창고 문도 열었다 닫았다 하느라 연신 바쁘셨다. 여닫음의 문짝 소리가 어찌나 내 마음을 울리었는지….

할머니는 좋은 글을 평소에 많이 메모해 두셨다가 우리들이 갈 때마다 또박또박 쓰신 명언이 든 편지를 우리 손에 쥐여 주셨다. 할머니는 글을 자주 쓰시는 분이었는데, 글에는 마음이 담겨 있어야 한다고 하셨다. 말씀대로 할머니의 글에는 할머니의 마음이 빼곡히 담겨 있었다. 할머니의 체온이 담긴 손편지는 달콤하고 향긋한 향기가 되어 내가 소중히 간직하고 있다.

할머니께서 뜨거운 가슴으로 드리시던 기도, 따스한 체온이 느껴지던 손편지 덕분으로 아버지가 돌아가실 때 만 일곱 살, 두 살, 한 살이던 우리 삼 남매는 어엿하고 건장한 젊은이로 성장하였다.

할머니의 간절한 기도대로 우리 삼 남매는 아버지를 뵐 그 날까지 아버지 몫의 행복까지 누리면서 잘살 것을 다짐한다. 할머니의 우리 가족을 위한 뜨거운 사랑과 간절한 기도를 묵상하면서….

− 손녀 박성은−

성재, 성은, 할머니, 할아버지, 성준, 엄마 2016. 2.

외할머니의 훈계

외할머니는 나와는 시대가 많이 다른 사회에서 살고 있다. 부모님 세대가 가운데 브릿지 역할을 해주지 않으면 정말 이해하기 힘든 부분이 많다. 남다른 사회활동을 평생 하셨다고 하여도 할머니의 사회와 우리의 사회는 다르며, 이 사회는 앞으로도 쉼 없이 변화를 할 것이다. 외할머니의 귀한 교훈도, 빛나는 학력도, 아름다운 경험도 내가 완전히 받아들이기에는 껄끄러운 부분이 아주 많다. 그러나 외할머니에게서 나는 아름다운 사랑을 느낀다. 손자들에 대한 순수하고 진한 그 사랑은 모든 갭을 완전히 메꾼다.

내가 받아들이든 아니든, 좋아하든 싫어하든 그런 문제들은 외할머니의 나에 대한 참사랑 앞에서 아무런 힘을 갖지 못한다.

서울대학교를 졸업하신 것 그 자체보다 폭넓은 지식정보를 갖고 계셔서 나에게 무한한 자긍심을 심어주신다. 반면에, 나도 외할머니처럼 뛰어나야만 한다는 부추김을 주었고, 이 부추김은 약간의 스트레스가 되기도 했음을 부정하지는 않겠다.

초등학교 6학년 때, 교장 선생님을 지내신 외할머니가 우리 집에 와서 같이 사신다고 하니 부담이 되었다. 아니나 다를까, 우리 집에 오신 며칠 후부터 바로 훈계가 시작되었다.

제대로 연필 잡기, 또박또박 글씨 쓰기, 제대로 젓가락질하기, 반듯한 걸음걸이 등을 그때마다 지적하셨다. 어질러진 내

방을 보고 "모든 것은 제 자리에 있어야 아름답고 가치를 발휘한다. 청소는 단순하게 더럽혀진 방을 치우는 것이 아니라 몸과 마음을 깨끗하고 상쾌하게 비워내는 일이다."라며 방 정리를 강조하셨다.

상당히 말수가 적고 잔소리가 없는 우리 아빠 엄마와 달리 바로바로 그때그때 지적을 하셨고, 어릴 때 몸에 익힌 좋은 습관은 평생의 재산이라며 나와 동생 현욱이의 생활 습관을 바로잡아 주려고 노력하셨다.

중·고등학교 시절, 등굣길엔 학교 늦을까 엘리베이터 앞에 먼저 나가 문 누르고 계셨고, 아무리 밤늦게 귀가해도 안 주무시고 기다렸다는 듯이 외할머니께서 반갑게 맞아주시고, 내 나이 때 어렵게 공부하던 이야기를 들려주시며 "최선을 다하면 후회는 없다."고 하셨다. 외할머니, 외할아버지는 "평생 동안 배워도 모자라는 게 인생이다." 하시며 두 분 방에 있는 나지막한 책상에서 나란히 앉으셔서 꾸준히 책을 읽고 글을 쓰셔서 나태한 나 자신을 말없이 깨우쳐 주시곤 한다.

할머니가 서울로 오셔서 우리와 함께 사신 지도 어느덧 10여 년이 훌쩍 넘었다. 그 시간, 은연중에 보여주신 할머니 삶의 모습과 더불어 할머니의 카랑카랑한 목소리의 훈계는 훈계라기보다 내 인생에서 지혜로운 선택을 하는 데 중요한 내 친구가 될 것이다.

"반듯하게, 단정하게, 최선을 다해, 평생 배우며, 더불어 살라.”는 할머니의 훈계는 오래오래 나와 함께 할 것이라고 외할머니께 약속드린다.

연주, 현욱, 진수 이모, 외할머니, 우방타워랜드에서 1999.

중학교 졸업식 2012.

신문에 기고한 글

과학화 시대의 주부의 역할

1973년 4월 21일은 제6회 과학의 날이다. 조국 근대화의 역사적 과업 추진을 위하여 전 국민의 과학화 운동이 거국적인 국가 시책으로 전개되고 있는 이때 맞는 과학의 날인 만큼 그 의의와 감회는 더욱 크고 깊다.

과학기술은 인류의 복지 증진과 경제성장의 원동력으로서 국력 신장의 기반이 된다. 과학기술의 발달은 인간에게 보다 나은 미래를 약속해 주는 원천으로서, 가난과 어려움을 몰아내고 희망과 번영을 성취하는 길잡이가 된다. 과학화 운동은 조그마한 일에서부터 내 생활 주변의 비합리적이고 비능률적인 요소들을 제거하여 합리적이고 생산적인 사고방식과 생활태도를 함양하는 것이 기본정신이다. 국민 누구나가 이 과학화 운동에 적극 참여해야 할 이때 주부로서 과학화 운동에 참여해야 할 몇 가지 방안을 제시해 보겠다.

첫째로 강조하고 싶은 것은 미신 타파이다. 무당을 불러 굿을 하며 질병과 불행을 해결하려는 일, 사주와 궁합에 의한 혼사의 택일, 일 년 신수, 관상 보기 등은 얼마나 어리석은 시간과 정력과 물질의 낭비일까? 우리는 하루속히 이러한 관습을 타파하여 합리적인 사고방식과 생활태도를 길러야 한다.

둘째는 의식주 생활의 개선이다. 의생활 면에서, 비활동적이고 값비싼

옷으로 치장하여 과시하려 말고, 활동하기 편리하고 개성을 살릴 수 있게 해야 한다. , 혼수의 불필요한 허례를 없애고 자식들의 훗날을 위해 저축을 해주는 것이 바람직하다. 식생활 면에서도 번거로운 반찬 수를 줄이고 영양 본위의 식단이 되게 해 주부의 노고를 줄이고, 경제적 가계를 영위하도록 노력해야 할 것이다. 또 기념일에 형식적인 의식 본위의 범절을 지키려 하지 말고 간소하고 정성 어린 음식을 차리도록 힘써야 하며, 혼분식 등으로 가정의례준칙의 솔선수범자가 되어야 할 것이다. 주생활에 있어서도 전시효과 위주의 거창한 가구들이 거실 공간을 차지하여 생활에 불편을 주고 이사할 때 부담만 가중케 하는 가구류를 사들이지 말고, 능률적인 활동을 할 수 있도록 의식주 생활 전반이 개선되어야 할 것이다.

셋째, 1인 1기 습득과 생활의 과학화이다. 과학기술의 문명 속에 살고 있는 우리들은 적어도 한 가지 기술을 익히며 일상생활에 필요한 가정전기, 전화, 시계, 라디오, 재봉틀, TV, 수도, 냉장고, 믹서기, 세탁기, 자전거 등의 기계류에 대한 기초원리나 그 취급법 및 수리법을 알아야 할 것이다.

넷째, 기초과학에 대한 주부의 관심과 이해이다. 급속히 발전하는 과학화 근대화의 시대적 진전에 뒤떨어져서는 안 된다. 자녀들과 더불어 과학 서적을 읽고 과학 TV를 시청하며, 동창회, 친목회, 기타 여성들의 집회 시 과학관 및 과학영화관람, 과학자 초청강연 등으로 과학기술의 견문과 지식을 넓히는 데 주력해야 한다. 다행히 경북 학생과학관은 전국 유일의 대규모 시설을 갖춘 기관으로써 과학교육 진흥 및 전 국민의 과학화 운동의 선구자적 역할을 담당하고 있으니 여성주부들의 참관 이용이 기대된다. 온 국민이 과학화 운동에 적극 참여하며 과학 우대의 사회풍토가 조성되고 주부 여성들이 이 운동의 기수가 될 때 조국 근대화의 푸른 꿈이 실현될 것이며, 생활고에 시달린 주부들의 얼굴에도 웃음의 꽃이 활짝 피게 될 것으로 기대한다.

영남일보 기고 기사 1973. 4. 21.

연하장 유감

편지는 물론이고 연하장이나 성탄 카드의 봉함을 개봉하는 순간의 즐거움은 거의 같으나, 내용을 읽는 순간의 느낌이나 기쁨은 천차만별이다. 어떤 것은 보낸 사람의 얼굴과 마음을 그리면서 한없는 기쁨 속에 두 번세 번 보게 되는 것도 있고, 어떤 것은 일종의 부담감을 느끼게 하는 것도 있으며, 형식적이고 사무적이어서 건성적인 무감응을 자아내게 하는 것도 없지 않다. 형편과 처지에 따라서 그 내용이 각양각색일 수밖에 없으나, 받아서 반기며 기쁨을 느낄 수 있도록, 비록 생활에 쫓긴다 하더라도 따뜻한 정이 담긴 연하장을 보내고 또 받았으면 좋겠다. 카드 속에 가족사진이나 장녀 결혼, 장남 진학 소식, 논문 발표, 승진, 가옥 수리 등 일년간의 갖가지 변화를 소상히 적은 연하장은 따뜻한 친근감을 준다. 내가 받은 많은 연하장과 성탄 카드 중에서 가장 인상적이고 감명 깊었던 것은 미국에서 온 약간 퇴색된 성탄 카드였다. 재미 있고 의미 있는 그림과 내용보다는 뒷면에 새겨진 다음 구절이 눈길을 끌었다.

이 카드는 폐휴지를 수집하여 재생한 종이에 프린트한 것이며, 이 카드를 만들기 위하여 어떤 나무도 벌채나 훼손이 되지 않았다고 적혀 있는 글을 연거푸 두 번을 읽고 가슴 뭉클함을 느꼈다. 자연 자원이 풍부한 미국에서조차 자연 보호와 물자 절약을 이처럼 철저히 하고 있는 것을 우리가 본받아야 하지 않을까? 외국 것 이상으로 화려하고 멋진 우리의 고급 연하장을 볼 때 놀라운 기술 발전과 성장한 국력이 대견스럽고 믿음직스럽기도 하지만, 반면에 자원이 풍부하지 못한 발전도상국의 우리 처지로서는 반성과 부끄러움을 느끼지 않을 수 없다. 물론 우리나라에서도 폐휴지가 재생되고 있겠지만, 한 장의 카드에까지 직접 물자 절약과 자연보호를 강조하고 실행하고 있는 것을 아직 본 일이 없다. 자연보호나 나라 사랑의 길은 어려운 일이 아니다. 재생된 카드를 즐겨 사용하는 마음과 행동이 모여 푸른 국토와 풍요로운 국가를 이룩할 수 있으니, 그것이 곧 자연보호의 길이며 나라 사랑의 길이 아니겠는가?

영남일보 천자시평 1978. 1. 12.

미인 대회

예쁜 어린이 선발대회와 무용 콩쿨이 겹쳐진 대회가 열렸다. 철석같은 당부도 아랑곳없이 내버려진 빵 봉지와 담배꽁초로 정성 들여 가꾸어 놓은 화단과 잔디밭은 삽시간에 수라장이 되었고, 화단 울타리에 들어가서까지 어머니들은 인공미인 만들기에 극성이었고, 가짜 속눈썹, 가발, 새빨간 입술연지, 목걸이, 귀걸이 등으로 티 없이 곱던 어린이 얼굴은 어느새 어린이도 어른도 아닌 모습으로 분장되었다.

물론, 조명으로 시각적인 효과를 노리는 무대 화장을 모르는 바는 아니나, 언제부터 어린이들까지 그토록 짙은 화장 없이는 미인이 될 수 없던가? 거추장스러운 의상과 흘러내리는 땀방울에 안간힘을 쓰며 긴장과 불안에 쌓인 표정으로 과시하는 어린이에서 어떤 아름다움을 찾아볼 수 있으며, 어린이의 아름다운 참모습을 짓밟는 부모들이 과연 예쁜 어린이를 길렀다고 볼 수 있을까? 온통 울상이 된 꾸며진 억지 표정은 웃는지, 우는지 분간하기 어려웠고, 예쁘게 보아야 할 어린이가 가엾게도 보일 정도였다.

수년 전 롱비치에서 울고 있는 미스 코리아로 핀잔받았던 일이 새삼스레 생각이 났다. 그곳 연도에는 세계의 미녀들을 구경하고 자기 나라의 미녀를 격려할 겸 고국에의 향수를 달래려는 심정으로 모여든 각국 교포들로 이루어진 인종 박람회를 방불케 했고, 각기 고유한 의상과 독특한 제스처의 발랄한 미녀들이 탄 꽃수레 앞에는 교포들의 장기 행렬이 앞섰다. 특히 언제 어디서 들어도 흥겨운 우리 농악 중에서도 우리의 눈을 현

란케 하는 상모 꼬리 돌리기는 우레와 같은 박수와 원더풀의 함성 속에 진행이 잠시 지연될 정도로 관중들을 도취시켜 한국인의 긍지와 기쁨이 눈시울을 뜨겁게 해주던 찰나, "미스 코리아가 왜 울고 있지?" 하는 소리에 깜짝 놀라 꽃수레를 보던 순간 분명 그녀는 웃고 있었지만, 초조와 긴장으로 굳어진 억지웃음이 우리 미스 코리아의 표정이었기 때문이다. 우는 것이 아니고 웃는 표정이라고 우겨대던 필자에게 "저것이 웃는 표정이라고?" 짐짓 더 큰 소리로 핀잔주던 미국인이 미웠다. 우리도 어릴 때부터 울 땐 슬피 울고, 웃을 땐 활짝 웃으며, 분명하게 자신을 표현할 줄 알도록 키워 주어야겠다. 내 자녀라고 내 멋대로 내 과시욕으로 그들을 병들게 하지 않아야 한다.

엘렌케이의 다음 말을 들려드리고 싶다. 당신의 무릎 위에 앉아 있는 어린이는 당신의 어린이가 아니고 당신의 국가가 앉아 있다고 생각하라.

영남일보 천자시평 1978. 1. 19.

대화

학교운동장에 인접한 집에 이사 간 일본인 친구 이께다 여사로부터 받은 다음 편지는 교육에 종사하는 나에게 타산지석이 되었다.

'참새들의 학교'란 말이 실감 나게 떠들어대는 학생들의 소음, 운동장에서 날아오는 휴지와 먼지, 운동회 연습을 위해 틀어놓은 스피커의 높은 볼륨, 한 달 넘게 불러대는 우렁찬 응원가와 행진곡 소리, "아주머니 공 좀 주워 줘요."라는 소리는 신경질이 날 만큼 잦았고, 때로는 튀김하던 기름 묻은 손으로라도 공을 주워 넘겨줘야 하는 불편, 담 위로 넘어왔다가 대문을 열어놓고 나가서 도난당할 뻔 한 적도 한두 번이 아니었고, 그때마다 버릇없는 아이들과 그들의 부모는 물론, 그들 학교의 생활지도마저 원망하지 않을 수 없었다고 했다. 참다못해 마침내는 '무단출입엄금'의 경고장까지 써 붙였다.

운동회 연습이 막바지에 이른 어느 날, 느닷없이 교장 선생이 오셔서 "그동안 우리 학생들 때문에 얼마나 불편했습니까? 정말 죄송합니다. 내일 가을 대운동회이니 꼭 참석해 주십시오."라는 간곡한 부탁이었다. 교장이 우리 고충을 이해하고 계셨구나 생각하니 그동안의 속상한 일들이 차츰 풀려서 참석의 용단을 내렸다. 생전 처음 본부석에 안내되어 상기된 기분으로 어린이들의 축제를 구경했다. 손에 땀을 쥐게 하는 열띤 그들의 응원가, 공굴리기, 릴레이, 각종 묘기, 그야말로 천사 같이 천진난만하게 뛰노는 씩씩한 모습들이 한없이 귀엽고 믿음직스러웠다. 평소에 못 살게 굴던 낯익은 장난꾸러기들은 반가워서 사진까지 찍어주었다. 사소한 피해와 불편에 화를 내고 어린 동심의 세계를 이해 못 한 자신이 부끄러웠다.

교장 선생의 조그마한 배려와 몇 마디 대화가 사람의 마음을 이토록 움직이게 하는구나 하며 대화의 중요성을 새삼 절감했다고 술회했다.

이와 같이 작은 일에도 서로 마음과 마음이 통하지 않고 이해하지 못할 때는 커다란 오해와 무서운 증오심이 일어나니 교장과 교사 간, 교사와 학생 간, 학교와 학부형 간, 부모와 자녀 간, 이웃과 이웃 간, 청소년과 기성 세대 간, 특히 이념과 환경이 다른 국가 간에는 흉금을 터놓은 대화와 상호 이해가 더욱 절실히 요청된다.

"'오늘날 학교는 있어도 교육이 없고, 교사는 있어도 스승이 없다.'라는 말이 나오고, 심지어 라이머(Reimer)는 『학교는 죽었다』라는 저서까지 내고 있는바, 이는 사랑과 대화가 단절된 사회의 폐단과 인간성 상실의 학교 교육을 개탄하는 말이 아니겠는가?

영남일보 천자시평 1978. 1. 26.

금연 운동

최근 미국은 2천만 불이란 막대한 돈을 투자하여 흡연 추방을 위해 대대적인 금연 운동을 전개 중이며, 시외버스와 기차는 물론이고 비행기와 공공시설 안에서의 금연과 심지어는 통행 중의 금연까지 추진하고 있다고 한다. 매연으로 인해 매년 32만5천 명에 이르는 귀한 인간의 수명이 단축되고 있는 엄숙한 현실을 예방하기 위한 정부의 국민보건 향상을 위한 과감한 조치라 아니할 수 없다. 아무쪼록 이 운동이 큰 성과를 거두어 세계적인 운동으로 파급 확대되기를 바라는 마음 간절하다.

습관화된 기호를 일률적으로 제약할 수는 없다 할지라도 남에게 불쾌감이나 폐해를 미쳐서는 안 되겠으며, 시민으로서의 최소한의 예의를 지킬 줄은 알아야 하지 않을까? 마치 담배 안 피우는 것이 비정상이고 담배 맛을 모르면 인생의 맛을 모른다는 듯이 방약무인하게 때와 곳을 가리지 않고 담배 연기를 뿜어대며 담뱃불도 끄지 않은 채 꽁초를 마구 던져 버리는 무례, 비좁은 버스나 열차 속은 말할 것도 없고 집회 장소마다 금연이란 두 글자가 엄연히 표시되어 있음에도 아랑곳없이 피워대는 애연가들! 자욱한 담배 연기로 목이 상해도 참아야 하는 고통, 심지어 남의 귀한 생명을 태운 택시 운전사가 핸들을 놓고 담뱃불을 켜는 그 아찔한 순간, "왜 어른들은 아무 데나 버려야 하고 우리들은 그것을 주워야 합니까?"라고, 꽁초 줍기에 지친 어린 학생들의 원망스러운 질문에도 만성적인 무감각에 안주하는 심각한 문제들이 너무나 많다. 환경정화와 국민보건 복지문제가 그 어느 때보다 고조되고 있는 이때에 구한말 국운이 기울어져 갈 무렵, 애국 독립운동의 일환으로 전개된 국채보상, 금연운동과 같은 차원에서 국력이 부강해지고 내 집 살림이 더욱 풍족해지며, 우리의 주변이 더욱 깨끗하고 명랑해지며, 더 근본적으로는 온 지구와도 바꿀 수 없는 귀중한 내 생명이 단축되지 않도록 금연 운동이 더욱 적극적으로 추진되어야 하겠다.

시내버스가 2층으로 되어 있어 흡연자는 2층에 타게 하는 영국의 묘책과 특급 열차에 담배 피우는 칸을 두는 일본의 시책과 '심한 흡연은 건강에 해롭다'고 담뱃갑에 애써 표시한 우리 전매청의 성의를 새겨봄 직하다.

1978. 2. 16. 영남일보 천자시평

구별과 차별

석별의 아쉬움 속에서 엄숙하게 졸업식을 마친 후 운동장을 거닐던 중 "여교장, 대단한데."라는 말이 어디선가 귓전을 울렸다. 분명히 그 말이 좋은 뜻으로 한 말 같았으나 왠지 여교장이라는 말이 귀에 거슬렸다. 하필이면 교장 선생이라 하지 않고 왜 여교장이라 할까? 남자 교장이라면 남교장이라 하지 않고 그냥 교장 선생이라고 했을 것이다. 그것은 은연중에 남녀 구별이 아닌, 차별 의식이 내재된 표현임이 틀림없다. 남녀는 구별을 의미하는 것이지, 결코 차별을 뜻하는 것은 아니다. 20세기에 사는 오늘의 우리는 차별과 구별을 분명히 해야 한다. 남녀 간의 보수의 차, 승진 기회의 차, 근무조건의 차이는 말할 것도 없고, 심지어 직종에 따라서는 다만 여성이라는 이유만으로 애당초 응시의 기회마저 부여되지 않는다. 남녀는 신체적으로나 성격적으로 서로 다른 특성을 가지지만, 남성 사회에서도 각각 개성과 능력이 천차만별이며 여성적인 남성이 있는가 하면 여성 중에도 남성을 능가하는 강인한 정신력과 체력, 그리고 탁월한 재능을 소유한 사람도 적지 않다. 여자는 여성으로 태어났다기보다 후천적으로 여성으로 만들어지고 있는 것이다. 제도의 관습과 관념의 잘못으로 여성의 잠재능력이 계발되지 못하고, 연약하고 종속적인 존재로 전락되어 '약한 자여! 그대의 이름은 여성'이라는 진부한 말이 예사로 통용하게 된다. 세계 인구의 반수가 넘는 여성들의 지위가 보장되지 못하고 취업의 적부가 능력 아닌 성별에 따라 결정되는, 구별 아닌 차별이 해소되지 않는 한 인류 문화의 진정한 발전은 기대하기 어렵다. 개방된 미래 사회에는 이념이나 빈부의 대결보다 '성별의 문제가 더욱 심각하게 대두될 것이다.

　일전에 편모슬하에서 자란 두 남녀가 결혼식을 올렸다. 먼 일가친척 중에서 빌려온 남자 혼주의 이름 아닌 두 여사의 이름으로 결혼 청첩을 하였음은 물론이고, 신부 입장 시에도 여사가 동반하였고, 양가 혼주 점촉 시에 두 여사가 나란히 등단하여 촛불을 밝혔다. 수많은 축하객은 그릇된 남녀 차별의식이 작용하였는지 너무나 당연한 일에 대하여 웃음을 터뜨렸다. 저는 용단 있는 두 여사에게 마음속으로 아낌없는 찬사를 보내며 여성 스스로가 여성의 지위 및 권익을 위하여 당당하게 살아가야 함을 통감하였다.
　하늘은 스스로 돕는 자를 도운다는 말이 생각난다.

1978. 2. 23. 영남일보 천자시평

아직도 멀었다

　30여 년간 중립을 표방했던 재일교포 학교인 백두학원이 작년 광복절을 기해 태극기를 게양하고 교육을 통해 우리 민족의 얼을 일본 땅에 심게 되었다. 가슴 벅찬 감동을 금할 수 없다. 일정 치하에서도 창씨개명 하지 않고 민족정기를 굳게 지켜온 강신길 이사장님이 대구에 오셨을 때 필자에게 남긴 "아직도 멀었습니다."라는 한마디 말은 성묘단 모국 방문 소식을 접할 때마다 새삼 기억난다. 사연인즉, 검소한 옷차림과 낡은 여행 가방을 들고 고희를 넘은 이사장님이 어느 여관에 들어서자 아래위를 한번 훑어보던 종업원이 "할아버지 보니까 돈도 없어 보이는데 제일 헐한 방으로 갑시다." 하고는 손님인 그가 묻기도 전에 가방을 빼앗더니 컴컴한 구석 방으로 안내하더라는 것이다.

　6척도 못 되는 그의 키에는 충분한 방이었지만, 외모를 한번 보고 제멋대로 사람을 평가하는 자세나 돈 없어 보이는 손님인 노인 대하는 종업원들의 불친절한 태도를 보니 그동안 물질적인 면에서 외형적으로 많이 발전되었으나, 정신적인 차원에서는 아직도 멀었다는 것이었다. 정신적인 가치보다 물질적인 부를, 내면적인 실질보다 외형적인 겉치레를 더 숭상하는 사회 풍조는 마침내 엉터리 박사학위 문제까지 파생시키지 않았던가. 학문적 권위나 사회가 공인하는 아무런 업적 없이 칭호만 딴 엉터리 박사가 통용되고 가짜가 행세하는 사회에는 어디엔가 허점이 있음이 분명하다.

　부실 학위 남발 기관이나 그것을 원하는 사람 또는 이를 용납하고, 심지어 그것을 선망하는 사회의 어느 쪽에 비난의 화살이 귀속될지 알 수 없으나, 각고의 연찬에 대한 보상으로서 수여되는 학위나 권위 있는 대학에서 현저한 업적을 인정하여 수여하는 값진 면류관으로서의 명예 학위가 가짜로 구입한 학위로 인해 옥석이 혼동되고, 명예가 불명예로 되어선 안 되겠다.

최고지성의 상징인 교수, 전문의, 목사 칭호보다도 박사 칭호를 더 선호하고, 또 능력보다 학벌이, 인품보다 재력이 높이 평가되는 배우자 선택관, 더욱이 불과 몇 달간의 교양 과정에도 대학 칭호를 붙여야만 직성이 풀리는 사회풍토가 근원적으로 혁신되지 않는다면 우리는 아직도 멀었다는 말을 감수할 수밖에 없지 않을까? 저명한 박사들 모임에서도 서로 선생으로 통용되고 유명대학이 그저 의학교, 법학교로도 그 가치를 인정하고 인정받는 나라와는 아직도 거리가 먼 것 같다.

'소인은 직함을 손상케 하고, 중인은 직함 정도의 일을 하고, 대인은 직함이 불필요하며, 오히려 그것이 방해가 된다.'라는 말이 참으로 의미 있게 느껴진다.

1978. 2. 29. 영남일보 천자시평

기관지에 기고한 글

동창회 명부 미완성의 변명

그윽하게 풍겨오는 국화 내음이 한결 향기롭고 행복과 평화의 동산인 신명에도 이젠 가을이 짙어가고 있다. 동산 언덕길을 오르내리며 꿈과 희망을 키웠던 팔천여 명의 동창생들의 행운을 빌며 이 영광된 잔치에 함께 기쁨을 나누게 될 것을 기대한다. 이미 있었어야 할 우리들의 동창회 명부가 이렇게 늦게나마 나오게 됨을 함께 기뻐하며 60평생에 처음 옥동자를 분만한 어머니의 심정을 이해할 것 같다. 그러나 마음먹은 대로의 깔끔하고 완전한 명부를 내놓지 못하여 매우 아쉽게 느껴진다. 사유인즉 첫째, 회원의 현황을 파악하기 위해 신문 광고, 방송 및 학생을 통한 자료수집을 몇 번이나 실시했으나, 자료수집에 응해주신 분이 불과 백여 명밖에 되지 않았다. 둘째, 일 회에서 삼십칠 회까지는 남산재단과의 사무 인계 미필로 성명만의 수록도 무척 힘들었다. 셋째, 1952년 9월 이전에는 재직하셨던 선생님들의 성함을 완전히 파악할 수 없어 머릿속의 기억만을 더듬어 조사하다 보니 애칭은 기억나도 성함을 기억할 수 없는 분도 많았다. 그리하여 처음 의도와는 다른 이름만 수록된 명부가 되었음을 양해하시기 바라며, 이것이 발판이 되고 또 많은 동창생들의 적극적인 협조가 있으시면 다음 기회에는 좀 더 완전한 명부를 여러분의 손에 쥐여 드릴 것을 약속한다.

끝으로 모교의 발전과 아울러 여러 동창생들의 평강을 빈다.

-개교 60주년 기념 동창회 명부작성. 동창회 서기 최종덕 1967.-

김종필 총재와 신명여고 이사들. 1965. 우측서 2번째가 본인

학교 급식에 대한 제언

"우리 선생님이 조금이라도 괜찮으니까 꼭 써 와야 된다고 하셨어." 하면서 내미는 종이쪽지는 뜻밖의 원고 청탁이었다. 아이의 '꼭'이란 말을 몇 번이나 힘주어 전달하던 그 마음에 실망을 주지 않으려고 나름의 몇 가지 생각을 적어본다.

학교 급식의 장점은 첫째, 변화 있는 메뉴로 영양 급식을 실시하므로 아동들의 체위 향상을 기할 수 있다는 점, 둘째, 어린아이들의 도시락 지참의 불편을 없게 하며, 특히 반찬 국물로 책이나 책가방을 더럽힐 우려가 없으며, 셋째, 도시락 찬을 준비해야 할 자모들의 노고를 덜어주며, 넷째, 정부가 권장하고 있는 분식 장려가 되며, 다섯째, 편식을 시정하는 좋은 계기가 되며, 여섯째, 식사 예법을 학교 교육의 일환으로 생활화할 수 있으며, 일곱째, 극빈 아동도 함께 먹을 수 있다는 점 등을 들 수 있는 반면에, 우려되는 점도 또한 없지 않다.

첫째, 유료 급식이라 극빈 아동들의 급식 대금이 혹 강요되고 있지는 않은지? 둘째, 집단 위생 관리가 철저히 되고 있는지? 셋째, 급식 종류와 방법은 아동 기호에 따라 적절히 실시되고 있으며, 개개 아동들의 식사 상황이 관심있게 관찰되고 있는지 하는 점 등이 우려된다. 가능하면 영양사에 의해 칼로리 계산도 하여 양보다 질에 치중할 것과 점심시간만은 딱딱한 수업 시간과는 달리 즐거움 속에 기쁜 마음으로 감사하는 마음으로 맛있게 먹을 수 있도록 분위기 조성이 되기를 바라며, 모쪼록 경상북도 유일의 시범학교로서 타교의 선망의 대상이 되어 있는 만큼 과학적이고 합리적인 운영으로 교위 당국의 시범학교 설치 목적을 달성하여 아동들의 획기적인 체위 향상을 기함과 동시에 학교의 무궁한 발전이 있기를 기원하여 마지않는다.

동덕국교 교우지, 2학년 1반 박진수 어머니 1968. 11.

새마음의 단비

산천초목도 메말라 타고, 논밭도 타고, 사람의 마음도 함께 탔던 수십 년 내의 가장 혹심했던 가뭄. 모심기 걱정에다 식수의 위협마저 곁들어 불안과 초조 속에 온 국민이 하늘을 우러러 생명과 같은 단비를 안타까이 갈구했던 그 한발을 잊을 수가 없다.

조상의 슬기와 강인한 의지를 이어받은 저력 있는 우리 겨레의 총화로 다져진 한결같은 소망은 자연의 시련에 굴함이 없이 군관민과 학생까지도 혼연일체가 되어 근면, 자조, 협동의 새마을 정신으로 진인사대천명 하니 하늘도 감동한 듯 온 국민이 갈망한 비를 흡족히 내려 풍년을 기약하게 되었으니 실로 하늘은 스스로 돕는 자를 돕는다고 하겠다. 자연의 단비가 만물의 소생에 불가결한 것으로 물질문명의 근원을 이루듯 우리의 정신적인 갈증을 해소하여 약동하는 생명체의 활력소가 될 마음의 단비가 더욱 절실히 요청된다.

대통령 각하께서 일찍이 이 땅 이 겨레의 숙명적인 가난과 침체의 악순환을 씻어 내고 우리도 잘살아 보자는 굳은 신념으로 민족중흥의 새 역사 창조를 위해 창도하신 새마을 정신을 바탕으로, 우리 박근혜 총재님이 심어주신 새마음 갖기 운동은 자연적인 단비보다 더욱 귀한 마음의 단비라 하겠다. 새마음 갖기 운동은 우리 모두가 잘살기 위한 필연적인 과업으로서 정신적인 혁명이라 아니할 수 없다. 정신적으로 바른 자세를 가질 때 물질적 풍요가 비로소 그 의의를 가지게 되는 것으로 국민 모두가 충효를 바탕으로 한 새마음의 단비로 오래 메말라 가고 있던 마음들을 흥건하게 적셔야 하겠다.

새마음은 하늘을 우러러 부끄러움 없는 정직한 마음이며 참된 마음이다. 남의 마음을 아프게 중상모략하지 않는 마음이며, 이웃과 겨레를 위해 검약하고 도와주고 봉사하며 희생하는 마음이다. 나라와 겨레를 내 몸같이 사랑하는 마음이며, 나라의 융성이 곧 나의 발전의 근본임을 깨닫고 성실하게 자기 임무를 다하며 국가사회에 보은하는 마음이다.

맑고 밝고 깨끗하고 고운 새마음의 단비를 우리 모두의 가슴에 풍성하게 받아들여 더 큰 축복 속에 아름답고 값진 삶을 누릴 수 있도록 뭉치고 아끼고 돌보는 새마음의 열매가 알알이 맺혀지기를 바라는 마음 간절하다.

새마음誌 1978. 8월호

심은 대로 거두리라

청소년! 겨레의 소망! 국가의 동량! 미래의 꿈나무! 2000년대의 새 역사의 주인공! 정말 듣기만 하여도, 부르기만 하여도 가슴 벅찬 이름입니다. 이 얼마나 값진 이름입니까? 이 얼마나 싱싱한 시절입니까? 이 얼마나 고귀한 특권입니까?

이런 인생의 황금기를 어찌 헛되게 보낼 수 있겠습니까? 청소년기의 낭비는 인생 전부의 낭비입니다. 생명과 같은 값진 시간을 한순간이라도 낭비하고는 미래를 생각할 수 없습니다. 오늘을 불성실하게 살고 오늘보다 나은 내일을 어떻게 보장받을 수 있겠습니까? 유명한 사상가 에머슨은 인생의 하루는 그 일생의 축도라고 했습니다. 하루를 성실히 살지 않으면 그 하루는 영원히 돌이킬 수 없다고 했습니다.

오늘 여러분과 함께 일생을 값지고 보람되며 행복하게 보내는 방법을 생각해 보고자 합니다.

첫째, 여러분은 좋은 씨앗을 잘 뿌려야 합니다. 좋은 씨앗이 나쁜 열매를 맺을 수가 없습니다. 그 씨앗이란 바로 여러분의 큰 꿈입니다. 자기 개성과 소질에 맞는 위대하고 차원 높은 꿈을 먼저 설정해야 합니다. 여러분은 무한한 가능성의 소유자들입니다. 쇼펜하우어는 젊고 늙음의 구별을 연령에서 찾지 않았습니다. 언제나 희망과 미래의 꿈을 간직한 자는 나이는 늙어도 젊은이요, 아무런 꿈도 없이 과거에만 집착하는 자는 나이는 젊어도 늙은이라고 했습니다. 여러분은 푸르고 큰 꿈을 가져야 합니다.

꿈과 비전이 없는 개인이나 국가는 행복도 번영도 바랄 수 없습니다.

둘째, 성실하고 근면하게 살아야 합니다.

"한 송이 국화꽃을 피우기 위해 봄부터 소쩍새는 그렇게 울었나 보다."라는 글귀가 생각납니다. 한 송이 꽃도 그러하거늘, 하물며 여러분의 인생의 결실이야 오죽하겠습니까? 한 알의 씨앗이 뿌려진 후 흙과 물과 기온 등 주위 여건과의 적응, 껍질이 깨어지는 아픔, 싹이 트고 잎이 나고 꽃 피어 열매 맺기까지 닥치는 갖가지 어려움을 여러분은 잘 감당해야 합니다. 병충해, 심한 한발, 예상하지 않았던 폭풍우도 있을 것입니다. 강한 의지는 역경을 뚫고, 근면은 풍요를 낳습니다. 그러나 성급할 필요는 없습니다. 로마도, 한강의 기적도 하루아침에 이루어지지는 않았습니다.

한술 밥에 배부르지 않는 법을 명심해야 합니다. 남이 이루어 놓은 좋은 결과는 결코 우연한 행운이 아님을 알아야 합니다. 천 리 길도 한 걸음부터 시작되는 것입니다. 밤새도록 열심히 공부한 자만이 자기의 목표를 이룰 수 있습니다.

셋째, 극기의 정신과 용기를 지녀야 합니다.

스스로를 이기는 자가 인생의 승리자라고 했습니다. 사소한 유혹이나 갈등을 극복하지 못한 자는 그 꿈을 성취할 수 없습니다. 새 시대는 패기만만한 젊은이를 요구합니다. 어떤 역경과 시련에도 견딜 수 있으며 정의를 위해선 생명도 바칠 수 있는 용감함과 도전하는 정신을 가진 역군을 요청하고 있습니다. 재산을 잃는 것은 약간의 손실이고 명예를 잃는 것은 큰 손실이나 용기를 잃는 것은 인생 전부를 잃는 것이라고 했습니다. 포기나 좌절의 늪에서 용감하게 재기하지 못하는 자는 아무런 가치도 없는 인간이 되고 맙니다.

넷째, 감사하며 봉사하는 생활을 해야 합니다.

우리는 범사에 감사하며 매일을 살아가야 합니다. 숨 쉬는 것조차 감사하며 살아가면 우리는 행복해집니다. 감사는 곧 행복입니다. 우리는 행복을 추구하면서 행복을 누리는 길인 감사의 생활을 하지 않는 어리석은 사람이 되어서는 안 됩니다. 행복은 감사의 문으로 들어와서 불평의 문으로 나가 버린다는 말이 생각납니다. 내 주변의 모든 것이 나에게 감사의 존재로 여겨질 때 우리는 행복을 누릴 수 있습니다.

사랑하는 청소년 여러분!

여러분의 청년의 날을 마음에 기뻐하고 감사하며 사십시다.

추수할 때 아무 기쁨이 없다고 한탄하지 않도록 해와 빛과 달과 별들이 어둡기 전에, 젊음의 열기가 없어지기 전에 감사하고 인내하며 용기를 갖고 온 인류를 위한 숭고한 봉사를 생활화하며 부지런히 최선을 다합시다.

심은 대로 거둘 것입니다.

청소년 연맹지 1978.

빛 가운데로 걸어가라

사랑과 희생으로 손발이 닳도록 자식들 뒷바라지에 온 정성을 바쳐온 부모님들이나, 나라의 보배요, 겨레의 소망인 일꾼을 기른다는 벅찬 사명감으로, 온 정열을 다하여 교단을 지켜오신 선생님들이나 더욱이 그 지겨운 시험지옥과 과중한 학업 부담, 그리고 무거운 책가방을 들고 만원 버스에 시달리면서도 보다 나은 내일에의 희망을 실현하려고 3년을 하루같이 끈질긴 집념과 피나는 노력으로 형극의 길을 닦아서 졸업이란 영광의 문턱에 다가선 여러 학생에게 모두가 기뻐하고 진심으로 축하한다. 자식 사랑하지 않는 부모가 없고 자식 잘되기를 염원하지 않는 부모가 없을 것이다. 우리 부모를 대신해서 그 간절한 소망을 성취시켜 주려고 '참되게', '착하게', '아름답게', 진선미의 교훈을 어린 우리 딸들에게 심어 주신 교장 선생님을 비롯한 여러 선생님들께 깊이 감사를 드리며 짧은 역사속에서 갖가지 역경을 딛고 '학력 최우수교' 란 명예를 얻기까지 그야말로 새 역사 창조의 기수로서 교직원과 학생이 혼연일체가 된 땀의 결정에 대해 부모의 한 사람으로서 최대의 경의를 표한다. "하늘은 스스로 돕는 자를 돕는다."는 격언이나 "의지는 역경을 뚫고 협동은 기적을 낳는다."는 말이 바로 정화에서 꽃 피워졌다고 해도 과언이 아닐 것이다.

단발머리에 여학생 교복이 어딘가 어설퍼 보였던 입학 당시 딸의 모습을 회상해 보니 어느새 튼튼하게 단련된 신체, 그리고 지적인 성장과 여성으로서의 성숙이 엄마의 눈에는 한없이 대견스럽고 믿음직스러우며, 학교 교육의 힘이 공장에서 물건을 생산해 내는 것처럼 즉시 드러나지는 않는다 할지라도 은연중에 서서히, 그러나 매우 착실히 열매를 맺게 되는 것을 확신하게 된다. 어린애마냥 천진난만했던 딸이 제법 어른스럽게 사리 판단도 잘하고, 근검절약을 일상생활에 실천하며 학교 공부에 바쁜 시간 가운데서도 가족들을 돕는 지극한 효심의 발로를 볼 때마다 엄마로서 미안한 마음이 앞서며, 언제나 직장 일에 쫓겨 평소에 사랑하는 딸과 따뜻한 대화를 나누지도 못했고, 푸근한 정신적 여유를 갖고 딸과 손잡고 외출 한 번 못한 안타까움이 직장을 가진 엄마의 마음을 괴롭게 하며, 그럴 때마다 엄마의 사랑보다 더 귀한 하나님의 축복이 딸과 함께하길 간절히 빌 따름이다. 그러한 엄마에게 있어 딸의 졸업이란 더욱더 뜻깊고 벅찬 감격을 안겨주며 그동안 구김살 없이 자란 것이 고맙게 느껴진다. 부디 정화에서 닦아온 '진·선·미'가 더욱 고귀하게 승화되어 평생의 값진 밑거름이 되길 바란다.

끝으로, 어머니가 내 졸업 때 주셨던 말씀, 즉 외할머니가 마지막 운명의 순간까지 즐겨 부르셨던 찬송가 구절을 딸 미정이의 졸업 선물로 들려주고 싶다. "태산을 넘어 험곡에 가도 빛 가운데로 걸어가라." 부디 앞을 향해 쉬지 말고 씩씩하게 빛 가운데로 걸어가라. 그리하면 우리 집안의 기쁨과 희망인 동시에 정화의 딸로 모교의 기쁨과 희망이 될 것이고 먼 훗날 우리 겨레와 온 인류의 딸로서 크게 빛날 것이다. 그것만이 엄마가 바라는 간절한 소망이다.

1980. 2. 정화여중 교우지, 3학년 11반 박미정 어머니

빙그레 웃는 세상을

"훈훈한 마음으로 빙그레 웃는 얼굴, 서로 사랑하는 마음으로 빙그레 웃는 세상을 만들어야 하겠소." 도산 안창호 선생님의 말씀이다. 자극적이거나 진한 감동을 주는 말은 아니지만 우리들의 간절한 소망의 말이다.

요즘은 조간신문을 펼쳐 들기가 망설여진다. 밤새 또 어떤 생각지도 못했던 일들이 우리를 놀라게 할지 두려운 마음이 앞서기 때문이다. 공해와 이기심, 폭력, 폭행, 서로 헐뜯기 등, 무엇 하나 따뜻한 일들이 전해지는 것이 드물다. 이러하니 우리 모두의 얼굴은 점점 웃음이 없고 찌들어 가는 것이다.

티 없이 맑게 빙그레 웃어야 할 어린이들은 유괴와 성폭행으로 불안한 모습이고, 푸른 꿈과 배움에의 즐거움으로 빙그레 웃어야 할 젊은이들은 입시지옥에 지친 모습이며, 원대한 인생의 목표를 향해 아름다운 인생설계와 진리를 탐구해야 할 대학생들은 화염병과 최루탄으로 분노에 찬 모습이고, 겨레의 참 스승이어야 할 선생님들은 보람에 찬 환희의 모습 대신 지치고 고달픈 모습이며, 하늘보다 높고 바다보다 깊은 가이없는 사랑으로 손발이 다 닳은 어버이의 은혜는 주름 잡힌 수고가 소외당해 고독한 모습이다.

웃음은 건강이며 기쁨이며 행복인 줄 알면서도 웃을 수 없는 세상을, 누구를 향해 원망해야 하는가? "밤이 어두울수록 별은 더욱 빛난다."고 했다. 이럴 때일수록 서로 사랑하며 마주 보는 얼굴 얼굴에 미소를 줘야겠다. 빙그레 웃는 세상을 위해….

『어머니』 창간호 1989. 9. 1.

소중한 만남의 추억

1994년 4월 30일은 너무나 충격적이고 비통했던 날이었습니다.

세계적인 핵물리학자요, 탁월한 교육행정가였던 김호길 총장님이 수많은 사람들의 가슴 속에 한없는 비탄과 애석함을 남긴 채 홀홀이 저세상으로 떠나 가셔서 참으로 인생무상을 절감했던 날이었습니다. 흔히들 죽음은 누구에게나 아무런 예고도 없이 찾아오며 인생은 질그릇 같다고 말들 하지만 포항공대 창설의 신화도, 노벨 물리학상을 받고도 남음이 있는 필생의 업적인 방사광 가속기의 완공을 눈앞에 두시고, 그 용광로 같은 정열을 불태우시던 삶을 어떻게 그렇게 한순간에 마감하시고 갑자기 유명을 달리하실 수 있었는지, 아직도 그날의 충격과 허탈과 슬픔에서 벗어나지 못하고 있습니다.

지헌은 큰일에도 성실해야 하지만 작은 일에도 더욱 성실해야 한다고 말씀하시면서 그 바쁜 생활 가운데서도 꼭 대구까지 오셔서 서울대 문리대 동문 모임을 주관하셨기에 동문회는 더욱 활기를 띠게 되었던 것입니다. 지헌의 영광스러운 '상허상' 수상 소식을 듣고 축하 전화를 드렸더니 "내가 뭐 잘한 게 있어요? 모두 추천해 주신 분들 덕택이지요."라고 겸손해하시면서 "동문들과도 한번 만나 기쁨을 나눕시다. 요즈음 방사광 가속기도 잘 돌아가고 있으니까 견학도 할 겸 포항에 한번 오세요." 하며 우리들을 초청해 주셨습니다. 지헌이 돌아가시던 날은 바로 우리가 초청받은 그 날이었습니다. 회원들은 김 총장님과의 만남의 기쁨과 방사광 가속기에 대한 큰 기대로 출발 장소인 저희 교장실로 모였습니다. 출발 시각 20분 전 전화벨이 울려서 수화기를 든 순간 "포항공대입니다. 총장님께서 오늘 갑자기 돌아가셨습니다."라는 청천벽력 같은 비보를 접했고, 너무나 놀라 한동안 말을 잊지 못한 채 망연자실했습니다. 졸지에 우리는 축하객이 아닌 문상객이 되어 포항공대로 향했습니다.

현지에 도착하여 즐비하게 세워진 조화와 그 소탈한 웃음의 김호길 총장님의 영정을 보는 순간 우리들의 허탈감과 슬픔은 더욱 애절하였습니다. 우리는 준비해 갔던 꽃다발과 화분을 영정 앞에 드리고 주체할 수 없는 슬픔을 참으며 지헌의 명복을 빌었습니다. 그때 영정 앞에 서서 오열하고 계시던 김영길 박사님께 조문 인사를 드리고 나오면서 언젠가 지헌이 "옛날에는 사람들이 내 동생을 소개할 때 김호길 박사 동생 되는 김영길 박사라 했는데, 요즈음에는 나를 소개할 때 김영길 박사 형님 되는 김호길 박사로 소개해요." 하시며 웃으시던 형님의 깊은 아우 사랑과 또 형제분이 모두 그렇게 훌륭하심을 선망했던 일이 떠올랐습니다.

영정을 되돌아보며 허탈한 심정으로 귀가하려는 저희 일행에게 남궁원 교수님이 "오늘 아침 총장님께서 동문들이 오시면 방사광 가속기를 꼭 견학시켜 드려야 한다는 당부 말씀이 있었으니까, 이런 상황이지만 방사광 가속기 연구소를 한번 보시고 가시는 게 좋을 것 같습니다."라고 말씀하셔서 우리들은 약 2시간 가까이 연구소를 견학하였습니다.

"조금만 더 사셔서 완공을 보시고, 또 우리 민족에게 노벨상이라도 한

번 안겨주시고 돌아가셨더라면 그래도 덜 원통할 텐데." 하면서 지헌의 빛나는 업적에 감탄과 찬사와 경의를 표하고 더욱 애석해 하면서 귀갓길에 올랐습니다.

5월 4일, 영결식에 참석하기 위하여 새벽 4시에 집을 나선 그 날은 하늘도 땅도 지헌을 애도하는 듯 심한 비바람이 불어 내 마음을 더욱 슬프게 했습니다. 영결식장에서 이용태 동문의 통곡하는 조사를 들으면서 우리는 함께 통곡했습니다. 돌아오는 차 속에서 나는 지난날 지헌과 나눈 갖가지 대화와 그의 값진 삶의 발자취를 회상하면서 울적한 마음을 달래어 보기도 하였습니다.

지헌과 나는 1952년 부산 피난시절 서울대 문리대 물리학과에 함께 입학한 같은 과 동기생이었습니다. 지헌이나 나는 경상도에서 상경한, 같은 처지의 아르바이트생으로 늘 시간에 쫓기는 학창시절을 보냈습니다. 어느 기말시험을 앞두고 도서관에서 시험공부를 하고 있을 때, "공부 많이 해서 시험 잘 치이소." 하는 독특한 경상도 억양의 말소리가 들려 돌아보았더니, 마치 군복을 염색한 것 같은 허름한 옷과 덥수룩한 긴 머리의 김호길 동문이었습니다. 그 당시는 경상도 사람들이 서울대에 많지 않았고, 또 서울 학생 중 몇몇은 가끔 경상도 말을 흉내 내며 놀리곤 하던 시절이었기에 아무 거리낌 없이 자기 고향 말을 그렇게 자신 있게 쓰는 그를 보고 놀랐으며, 그의 푸근한 인간미는 그 당시 외로운 객지 생활을 하던 나에게는 위안이 되었습니다. 공군사관학교 교관 시절에도 자기 생각을 거침없이 밝히던 소신에 찬 당당한 기품과 공군사관학교가 서울로 이전하기 전날, 이사 준비에 바빴던 밤늦은 시간에 과자 봉지를 한 아름 사 들고는 인근 집들을 일일이 찾아가 작별인사를 하시던 훈훈한 인간미와 여유로움도 있었습니다.

그가 버클리 로렌스 연구소에 계실 때 제 맏딸이 버클리대학으로 어학연수를 갔었는데, 댁으로 데려가 재워 주시고 여러 좋은 말씀을 해주셨는데, 특히 한국인은 머리는 아주 우수하지만, 미국에 살면서 미국화되어 한국인의 정체성을 잃을까 걱정이라고 하시던 말씀에, 참으로 의미심장한 뜻이 담겼음을 느꼈다고 합니다.

그는 한시를 즉석에서 지어 주셨는데, 그 내용이 큰 기백과 도량으로 인재양성을 해야 한다는 것이었으며, 미국에서 배운 학문과 경험을 가지고 내 조국 한국에 가서 나의 꿈을 꼭 실현하고 싶다면서 내 몸은 이곳에 머물러도 내 마음은 언제나 내 조국 내 고향에 있다고 하시고, 한국에 갈 길목인 캘리포니아의 버클리까지 와 있다면서 호탕한 웃음으로 말씀하신 적이 있습니다. 지헌의 그와 같은 애국적인 민족혼과 교육혼이 마침내 포항공대의 신화를 창조하였다고 생각하였습니다.

1988년 10월 동문회 가을 야유회를 포항공대 견학으로 계획하고 동문회장이었던 내가 김 학장님께 동문들의 희망사항이니 한번 견학시켜 주실 수 있느냐고 전화를 했더니 쾌히 승낙하여 주셨습니다. 그날이 포항공대 교직원 가족친선 체육대회여서 무척 바쁘셨는데도 너무나 따뜻하게 환영해 주시고 학교 현황도 직접 설명해 주시며 포항공대 식당에서 맛있는 식사를 마련해 주셨습니다.

타계하시기 3개월 전인 1994년 1월 16일(서울대학교 대구·경북지구 동문회장단 각단과 대학별 대표 3명)의 신년교례회 때였습니다. 동문 대표로 특강을 맡아서 해박한 지식과 특유의 달변으로 정보화 사회는 두뇌전쟁이며 교육전쟁임을 강조하시고, 과학기술 입국을 역설하며 좌중을 매료시켰습니다. 또 자기 소개시간에 포항공대 설립은 내 사랑하는 모교 서울대학에 참신한 자극을 주기 위한 것이라고 유머를 하여서 모두가 한바탕 웃었습니다. 교례회가 끝난 후 2차로 자리를 옮겼을 때 지헌 옆자리에 앉았던 내가 "앞으로 과기처 장관이나 교육부 장관을 한번 하셔야할 텐데요." 하자 솔직하게 "나는 장관이란 관직은 별로 맡고 싶지 않지만, 포항공대 임기가 끝나면 모교 서울대 총장은 한번 해볼 만하지요. 만약 내가 서울대 총장이 된다면 연구 중심 대학, 대학원 중심 대학의 세계적인 대학으로 개혁하겠어요." 하며 대학개혁의 구상과 비젼이 이미 지헌의 머릿속에 계획되어 있었던 것처럼 거침없이 논리 정연하게 제시하였고, 동문들은 일제히 박수를 치면서 "우리 모두 김호길 포항공대 총장을 서울대 총장으로 추대합시다."하고 환호성을 올렸습니다.

그날 밤이 이 세상에서 지헌과의 마지막 만남이 되고 말았습니다.

비범하면서도 평범한 사람들과 친숙하였고, 깊고 넓은 바닷속처럼 무궁무진한 지혜를 간직하셨음에도 넘쳐나지 않는 겸손함이 있었고, 불의에 타협하지 않는 강한 정의감이 있었음에도 부드럽고 관대함이 있었고, 세계적인 석학이면서도 권위적인 면은 전혀 찾아볼 수 없었습니다. 미래를 예견하는 예지와 천재적인 창의력과 불굴의 정열을 간직하셨으면서도 친화력과 포용력이 있었고, 풍성한 인간미로 채워져 있던 지헌이었기에, 수많은 사람들이 그를 더 존경하고 그의 죽음을 더 애도했던 것입니다. 꾸밈과 가식을 모르는 소탈한 성격, 공리를 배척하고 언제나 의(義)를 앞세우는 그는 청빈낙도 하는 참 선비였으며, 일신의 안이보다 조국과 민족의 번영을 항상 염두에 두고 생활을 통해 실천하신 진정한 애국자였습니다.

지헌은 떠나셨지만 지헌이 남긴 찬연한 업적은 영원히 빛날 것이며, 지헌의 위대했던 삶, 승리의 삶이 남긴 그 값진 교훈들은 우리들 가슴에 영원히 귀감으로 간직될 것입니다. 지헌과의 소중한 만남과 충격적인 이별의 아픔을 삭이며, 다시 한 번 지헌의 명복을 빕니다. 부디 편히 잠드소서.

김호길 박사 추념 문집
『과학도 인간이 하는 겁니다』 1994. 5. 30.

강연 초록

감사와 봉사

감사도 행복이요 봉사도 행복이기에 여러분들이 더 행복해질 수 있도록 '감사와 봉사'라는 주제로 함께 생각을 나누고자 합니다.

지구상의 모든 인류는 끊임없이 행복을 추구하며 살고 있습니다. 그러면서 우리는 그 행복이 바로 감사와 봉사임을 모르고, 또 알면서도 실천하지 못하는 사람이 많기에 불행의 늪에서 허덕이는 사람을 많이 볼 수 있습니다.

감사는 웃음이고, 기쁨이며, 희망입니다. 하나님이 주신 최대의 선물이며, 인간만이 가질 수 있는 특권이며 의무입니다. 감사는 인간 최고의 심성이며 모든 덕행의 모체입니다. 감사는 사랑입니다. 감사는 역경을 이기는 원동력으로 행복으로 가는 지름길입니다.

"그대가 행복을 원하거든 그대의 가슴의 정원에 감사의 나무를 심어라."라는 말이 있습니다. 감사의 나무에는 행복의 열매가 맺습니다.

10남 7녀의 정신박약아를 뒷바라지하느라 손가락 지문이 다 뭉개져 없어져도 숨 쉬는 것조차도 감사하며 행복하다는 어느 고아원 원장의 수기에서 감명을 받은 적이 있습니다. 우리 초등학생 감사절 글짓기에서 나는 강아지로 안 태어난 것만도 감사하다는 마음가짐을 보았습니다.

제가 1970년 만학의 꿈을 안고 미국에 갔을 때입니다. 너무 풍요하고 광활한 미국땅의 모든 것에서 하나님께 불공평을 원망했던 적이 있습니다. 그러던 어느 주말, 헌팅턴 라이브러리라는 곳에 가서 입장권을 사려던 찰나, '흑인 출입금지'라는 표시판을 보는 순간 내가 흑인으로 태어나지 않은 것에 얼마나 감사했는지 모릅니다. 우리 모두 범사에 감사함으로 행복한 사람이 됩시다.

또한, 봉사도 행복입니다. JC의 신조는 '인류에의 봉사가 인생의 가장 아름다운 사업임을 믿는다'입니다. 산다는 것은 일을 한다는 것이고, 그 일은 곧 행복의 요건중의 하나입니다. 봉사는 인간 최고의 도덕이요 행동입니다. 선행은 곧 행복해지는 길입니다(To do good is to be happy). 좋은 봉사자가 되기 위해서는 끊임없이 배우고, 검약하고, 어려운 이웃을 사랑해야 합니다. 그러나 참된 봉사는 결코 물질의 기부만으로 영글어지지 않습니다. 그 자신이 올바른 가치관을 갖고 생활 전반에 걸쳐 성실과 정직, 근면과 검약으로 모범이 되며, 내 가정, 내 이웃, 내 국가 민족, 더 나아가서 온 인류를 위해 사랑하며 감사하며 봉사할 때에 JC 여러분의 숭고한 봉사 정신이 더욱 아름답게 승화될 것입니다. 여러분은 행복을 추구하시지요? 조국의 평화 통일을 원하시지요? 온 인류의 복지와 발전을 갈망하시지요? 우리 모두의 가슴에 먼저 감사와 봉사의 나무를 심고 열심히 가꿉시다. 여러분의 그 젊음의 패기가 식기 전에 아름다운 결실의 그날을 위해 힘찬 전진을 계속하십시다.

용기는 어떤 역경도 뚫어냅니다. 도전하는 사람에게 불가능은 있을 수 없습니다. JC의 숭고한 봉사 정신은 여러분과 온 인류를 행복하게 해줄 것이라고 확신합니다.

동대구 청년회의소 임원 연수회 1984. 2.

의식 개혁과 복지국가

우리 여성은 남편을 알뜰히 뒷바라지하고 자녀를 훌륭하게 교육시키는 것이 가장 중요한 일입니다. 그러면서도 우리들 자신도 함께 성장해야 합니다. 자녀나 남편 뒷바라지만을 하다 보면 언젠가는 내 곁에서 떠나게 될 때 마치 알뜰히 먹이를 물어 먹이던 새끼 새들이 모두 푸른 하늘로 날아가 버리고 빈 둥지를 지키는 어미 새와 같은 허전한 마음으로 사는 여성이 되어서는 안 될 것입니다. 선진국처럼 우리도 복지국가를 이루기 위해서는 우리의 의식이 먼저 개혁되어야 합니다. 평생 배우고 노력하지 않으면 선진국에 따라갈 수 없는 것이 현실입니다.

우리는 먼저 허례허식의 가치관을 바로잡아야 합니다. 왜 딸 셋만 결혼을 시키면 기둥뿌리가 흔들리게 되는가, 왜 사랑하는 딸의 혼수를 몇 트럭씩 실어 보내야만 체면이 유지되는가, 내 체면치레를 위한 잘못된 가치관을 가지고 물질로서 체면을 유지하겠다는 허례의 나쁜 가치관을 과감히 잘라내야 합니다. 우리는 껍데기만으로 사람을 평가하는 일이 허다합니다.

제가 잘 아는 재일교포의 한 이사장님이 한국에 와서 조그만 여관에다 해진 가방을 들고 들어서니, 종업원이 아래위를 훑어보더니 "할아버지, 돈이 없어 보이는데 값싼 방이 있습니다." 하며 구석진 방으로 안내를 하더랍니다 우리나라가 경제성장은 많이 하였지만, 껍데기를 보고 사람을 평가하고 허례허식을 중요시하는 그런 정신은 아직도 멀었다고 제게 말씀하셨습니다. 우리는 과감히 허례허식의 가치관을 잘라내야 합니다. 또한, 우리는 내 체면치레를 위해서 남은 아랑곳하지 않습니다.

소비가 미덕인 미국도 종이 한 장을 재생해서 쓰는데 우리는 내 분수를 지킬 줄 모르고 있습니다. 미국 사람이 걸을 때 우리는 뛰어야 따라갈 수 있습니다. 기차를 타고 오다 보니 언덕 위에 패랭이꽃이 피어 있었습니다.

우리 인간은 저 작은 들꽃만도 못한데 무엇이 만물의 염장이라고 자부할 수 있겠는가 생각했습니다. 패랭이꽃은 자기 나름대로 꽃을 피웁니다.

아름답고 큰 장미를 닮으려 하지 않습니다. 그러나, 우리 인간은 왜 그런지 남의 흉내를 내고 남을 따라가기를 좋아합니다. 내 형편이 안되는데도 남이 좋은 옷을 입으면 왜 나도 좋은 옷을 입어야 합니까? 우리는 껍데기가 문제가 아닙니다. 내 인생을 살지 않고 남의 인생을 사는 그런 가치관을 과감히 잘라내야겠습니다.

그뿐 아니라 이기심의 가치관도 잘라내야 합니다.

나만 잘살고, 내 자식만 잘되면 되고, 남이야 죽든 말든 이런 사고방식이 부정식품을 만들어 아무 거리낌 없이 남의 귀여운 자녀에게 팔고 있습니다. 그 때문에 부조리가 생기고 부정이 생깁니다.

제가 미국의 학교에서 근무할 때 학생 모집광고에 'With others'라는 문구를 봤습니다. 남과 더불어 사는 방법을 기르고 훌륭한 사회생활을 할 수 있는 품성을 기른다는 것이 학생 모집광고였습니다. 아마 우리 로타리인 회원 여러분께서는 바로 이런 정신으로 오늘의 성대한 대회를 치르고 계신 줄 믿습니다.

과감히 잘라내야 할 것도 많지만, 더욱 북돋우고 키워야 할 것도 많습니다. 우리가 행복해지는 비결은 다음과 같습니다.

첫째 감사의 나무를 심는 것입니다. 그대가 행복을 원하는가? 그대 마음의 정원에 감사의 나무를 심으라는 말이 있습니다. 우리의 일상생활이 왜 이리도 짜증스러운가 생각하면 어느새 행복은 들어 왔다가도 나가버립니다.

제가 얼마 전 여성들의 어떤 모임에서 몹시 못난 노처녀를 만났는데, 그녀는 인생을 즐겁게 사는 사람이었습니다. 하도 싱글벙글 웃기에 무엇이 그렇게도 즐거우냐고 하니, 숨을 못 쉬어 죽는 사람도 있는데 숨을 마음대로 쉬는 것조차 즐겁다고 했습니다. 또 대소변을 가리지 못하는 17명의 정박아를 키우는데 도와주는 사람 없이 너무 일을 해서 손가락에 지문이 하나도 없어도 행복하다는 심수경 여사의 수기를 읽고 감명을 받았습니다.

우리는 진정 행복을 원한다면 감사의 나무를 심어야 합니다.

둘째, 우리는 어떤 역경에서도 희망을 가져야 합니다.

희망이 없는 사람은 지옥으로 간다고 했습니다. 쇼펜하우어는 젊은 사람과 늙은 사람을 연령으로 구분하지 않았습니다. 늘 희망이 없고 과거에 사는 사람은 젊어도 늙은이요, 연세가 많아도 의욕적이며 희망을 갖는 사람은 늙었어도 젊은이라고 했습니다. 여러분! 젊고 싶으시면 꿈과 희망을 가지십시오.

"밤이 깊으면 새벽이 빨리 오는 것이요." 농사 짓는 분들이 한겨울에 보리밭을 밟아주는 것은 보리는 밟을수록 잘되고 달걀은 삶을수록 단단해집니다.

정말 오늘 이러한 성대한 대회를 치를 수 있는 것도 희망이 없었다면 불가능했을 것입니다. 희망의 나무를 여러분 모두가 정성껏 길러야겠습니다. 희망과 용기를 가지고 어떠한 시련에도 도전할 수 있어야 합니다.

괴테는 "재산을 잃는 것은 적은 손실이고, 명예를 잃는 것은 많은 손실이며, 용기를 잃는 것은 인생 전부를 잃는 것이다."라고 말했습니다.

세 번째, 우리는 정직하게 살아야 합니다.

하루의 행복은 이발을 했을 때 있고,

일주일의 행복은 승마하는 데 있고,

한 달의 행복은 결혼하는 데 있고,

일 년의 행복은 새집으로 이사하였을 때 있으나,

평생의 행복은 정직하게 사는 데 있다는 말이 생각납니다.

정직하면 평생을 행복하게 살 수 있습니다.

네 번째, 우리는 서로 사랑하며 살아야 합니다.

사랑은 감사이며, 사랑은 감격입니다. 사랑은 바로 행복입니다.

특히, 로타리인은 사랑의 화신이 되어야 합니다. 이 사회를 복지국가로 만들고 싶어도 우리 마음속에 사랑이 없으면 아무것도 이룰 수 없습니다. 내 이웃도, 내 남편도, 내 부모님도 사랑하고 존경하지 못하면서 어떻게 복지국가를 만들 수 있겠습니까? 사랑의 힘은 위대합니다. 사랑은 모든 것을 아름답게 만듭니다. 원자탄은 파괴력은 크지만, 그보다 수만 배의 힘을 가진 것이 사랑입니다. 우리나라는 자원이 부족하다고 합니다. 저는 얼마든지 있는 우리 마음속의 사랑 자원을 개발하였으면 좋겠다고 생각합니다. 이것은 마음속에 무한정하고 형체가 없어 도둑맞을 우려도 없고, 펴내도 끝이 없는 사랑의 자원을 개발해서 사랑으로 우리의 사회를 아름답게, 온 인류를 행복하게 만들어야겠습니다. 사랑의 열매를 주렁주렁 맺어야겠습니다. 사랑으로써 온 누리가 충만할 때 우리가 모두 행복하게 살 수 있습니다.

다섯 번째, 봉사는 서로 행복해지는 길입니다.

로타리의 근본정신이 바로 사랑, 봉사, 우정입니다.

국제 ROTARY 368지구 제5차 대회 1982. 10. 16.

국제로타리지구 초청강연 1982. 10.

만남과 나눔의 삶

오늘 370지구 대전대회에서 뵈었던 ROTARY 회원 여러분들을 이곳 대구에서 또다시 만나 뵙고, '만남과 나눔의 삶'이란 주제의 말씀을 나눌 수 있게 됨을 무한한 영광으로 생각합니다.

"인류는 하나, 전 세계에 우정의 다리를 놓자."라는 숭고한 표어 아래 2,000여 명의 회원들이 모여 전 인류의 평화와 행복을 위해 만나서 생각과 사랑을 나누던 8년 전의 그 광경을 지금도 잊을 수 없습니다.

첫째, 만남에 대해 함께 생각해 봅시다.

인생은 너와 나와의 만남이라고 했습니다.

인생은 삶 그 자체가 만남의 연속입니다. 이 만남과 나눔의 관계가 잘된 삶이 건강한 삶이고, 값진 삶이며, 행복한 삶이고 장수하는 삶입니다. 사람은 태어나면서 만남이 시작됩니다. 죽음을 맞는 그 순간까지 나누며 살게 됩니다. 무엇을 누구와 어떻게 나누느냐가 그 인생을 결정하게 됩니다.

이 만남과 나눔의 관계가 그 인생을 행복하게 또는 불행하게 만들게 됩니다.

먼저 만남의 대상과 방법을 생각해 봅시다. 사람은 출생하면서부터 부모, 형제, 친척을 만나고, 이웃, 친구를 만나고, 성장하면서 스승을 만나고, 제자를 만나고, 선후배를 만나고, 동료도 만나고, 부부도 만나고, 그리고 위인도, 성현도 만납니다. 때로는 만나기 싫은 도적도 만나고, 악한도 만나게 되지요. 때로는 엄청난 천재지변도, 사고도 만나고, 사상과 이념도, 종교도 만나고, 뜻을 같이하는 단체를 만나기도 합니다. 또 우리는 자연과도 만나게 됩니다. 산천초목도, 기암절벽도, 망망대해도, 맑은 공기도, 오염된 물도, 해저의 아름다운 산호섬도, 그리고 오로라도 만나지요.

그러면 어떻게 만나야 하겠습니까? 왜 만나야 합니까?

그것은 서로 사랑하고 의지하고 돕고 도움받고 선한 일을 함께 하려고 만납니다. 그러기에 우리는 기쁨으로, 웃음으로, 감사함으로, 희망 속에, 적극적으로 만나야 합니다. 오늘 우리의 현실은 함께, 즉 '와'가 없는 단절의 시대가 아닙니까? 너와 나 사이에 '와'가 없음이 문제입니다. 만 있는 세태에서 고독하고 소외되며, 증오하는 가운데 너라는 이웃이 곧 경쟁의 대상, 불신의 대상, 시기의 대상으로 생각하는 거기에 현실의 비극이 잉태되는 것이 안타깝습니다. 너의 존재, 이웃의 존재, 우리의 존재가 새로 정립되어야 합니다. 사촌이 논을 사면 기쁘기는커녕 배가 아파지는 나쁜 생각을 버리고, 우리는 공동체 의식으로 결속되어야 잘살 수 있음을 알아야 합니다. 지금 우리에게 공감적인 인간관계의 형성이 무엇보다 절실합니다. 예수님은 서로 사랑하라고 하셨습니다. , "네 이웃을 네 몸과 같이 사랑하라."고 이웃의 존재 가치를 가르쳐 주셨습니다.

둘째, 나눔에 대해 생각해 봅시다.

우리는 나눔에서 삶의 보람을 찾아야 합니다. 인생의 성패는 나눔에 있습니다. 누구에게 나누고, 무엇을 어떻게 나누어 주어야 할까요? 물질적 나눔도 중요하지만, 정신적인 나눔이 더욱 중요합니다. 사랑을, 대화를, 감사를, 기쁨을, 웃음을, 지혜를, 격려를, 시간을, 희망을 나누어야 함은 말할 것도 없고, 슬픔도 함께 나누어야 합니다. 기쁨을 나누면 기쁨이 배가 되고, 슬픔을 나누면 슬픔이 반으로 줄게 된다는 말이 생각납니다. 안병욱 교수님은 산다는 것은 사랑한다는 것이며, 사랑은 함께 나누어 짊어진다는 뜻이라고 했습니다. 법정 스님은 무소유란 수필에서 아무것도 가지지 않는 것이 건강하고 행복한 삶이라며 나누어 주기를 설파했습니다.

그럼 어떻게 나누어야 하겠습니까?

예수님은 마태복음 10장 8절에서 "거저 주어라. 주는 자가 복이 있다." 고 하셨고, 히브리서 13장 16절에서는 "서로 나누어 주기를 잊지 말라."고 가르쳐 주셨습니다. 이성철 스님은 조건 없이 시주하는 것이 백일기도, 천일기도보다 값지다고 했습니다. 록펠러는 장수 비결을 자기 재산을 나누어주고 살아가는 데 있다고 했습니다.

여러분들 가슴에는 사랑의 샘물도, 건강도, 젊음도, 시간도, 자산도, 의욕도, 선을 행할 수 있는 엄청난 조직의 힘도 있지 않습니까?

끝으로, Give Five 운동을 소개하고 제 강의를 마칠까 합니다. 미국에서는 자기 소유(물질, 시간, 지식, 지혜, 삶의 체험 등)의 5%를 남에게 나누어주는 운동을 활발하게 전개하고 있다고 합니다. 여러분들은 자신의 모든 소유의 5%를 나누어주었는지를 솔직하게 한번 생각해 보시기 바랍니다. 저 역시 열심히 나누어주려고 봉사활동을 많이 하지만, 5%는커녕 1%가 될지 모르겠습니다.

오늘 370지구 대회의 표어처럼 Enjoy Rotary- 로타리인만이 아닌 대구 시민 모두를, 경북도민 모두를, 대한민국 국민 모두를, 인류 전체를 즐겁고 행복하게 해주시기 바랍니다. 부디 사랑하고 나누어 주는 삶으로 더 즐겁고 행복하시기를 기원합니다.

국제 ROTARY 370지구 제9년 차 대회 1990. 4. 29.

21세기의 바람직한 자녀 교육

하나님의 은혜 가운데 여러분을 만나게 되어 반갑고 감개무량합니다.

1988년, 계성초등학교와 윌셔 한인학교가 자매결연을 맺게 되었으며, 오늘 부족한 제가 여러분 앞에서 특강을 할 수 있는 영광스러운 기회를 갖게 해주심에 깊은 감사를 드립니다.

한국은 1995년 교육개혁 방안을 발표했습니다. 열린 교육으로 창의력을 길러 경쟁력을 강화하고, 인성교육을 통해 더불어 사는 협동 정신을 배양하고, 세계화 교육 및 외국어 교육을 강화하도록 했습니다.

이제 교포 자녀의 민족교육을 함께 생각해 봅시다. 민족교육을 위해서는 먼저 모국어를 잘 알도록 하여 민족혼을 심어 주어야 합니다.

그리고 성서적 입장에서 바람직한 자녀 교육을 어떻게 해야 할지 생각해 보겠습니다.

첫째, 서로 사랑하는 교육입니다. "내가 너희를 사랑한 것 같이 너희도 서로 사랑하라(요 13:34)."는 말씀의 실천입니다.

둘째, 창조주 하나님을 기억하게 해야 합니다.

"너는 청년의 때, 곧 곤한 날이 이르기 전, 아무 약도 없다고 할 때가 가깝기 전에 너의 창조주를 기억하라(전도서 12:1)." 하나님을 두려워하는 청소년은 절대로 방향감각을 상실하지 않고 죄를 짓지 않습니다.

셋째, 부모님을 공경하도록 해야 합니다.

"자녀들아 너희 부모를 주안에서 순종하라(엡 6:1)."

넷째, 빛의 자녀 의로운 자녀로 키워야 합니다(마 5:14, 빌 2:15.)

"마땅히 행할 길을 아이에게 가르치라. 그리하면 늙어도 그것을 떠나지 아니하리라(잠 22:6)."

이국만리 타향에서 치열한 생존 경쟁 속에서 꿋꿋이 살아오신 여러분! 참으로 자랑스럽습니다. 자식은 하나님께서 여러분에게 주신 기업입니다. 자식은 내 소유물이 아니며 내 한풀이 존재도 아닙니다. 이제 부모들의 자녀관이 변하고 교육방법도 변해야 합니다.

창조주 하나님을 기억하여 두려워할 줄 알고, 부모님께 효도하고 이웃을 사랑할 줄 아는 자녀로 키우기 위해 눈물로 기도해야 합니다. 우리 모두 끝까지 믿음 안에서 사랑의 공동체를 이루고 임마누엘 하나님을 의지하며 믿음의 항해를 계속하셔서 승리하시기를 바랍니다.

LA 윌셔 한인교회(한인학교) 1996년 7월 26일

기념사

새마음 갖기 여성대회 기념사

여러 귀빈들을 모시고 오늘 새마음 갖기 결의 실천 경상북도 대회를 하게 된 것을 매우 기쁘게 생각합니다.

그동안 우리 봉사단은 박근혜 총재님의 영도하에 사단법인체로 조직을 강화하여 활동의 기반을 튼튼히 굳히고 새마음 정신을 더욱 심화하여 우리 여성들의 가슴에 깊숙이 그 뿌리가 내리고 있음을 자랑스럽게 생각하는 한편, 우리들에게 부하된 책임이 더욱 소중함을 절감하게 됩니다.

고도 산업사회에 따른 물질문명의 발달에 수반하여 정신문화가 쇠퇴하는 역기능 현상을 하루 속히 바로잡아 우리의 아름다운 전통문화와 올바른 가치관을 재정립하여 나라에 충성하고 부모님께 효도하며, 이웃을 사랑하고 자연을 보호하는 새마음 운동에 솔선수범하는 기수가 되고자 다짐한 지 어언 1년이 가까워지고 있습니다.

형편과 처지에 따라 지역사회에 봉사해 온 저희들의 활동은 비록 미흡하다 할지라도, 구국 봉사의 뜨거운 정열과 애국 단심이 보다 차원 높은 새마음으로 전국 방방곡곡에 요원의 불길처럼 점화되고 있음을 우리는 확인할 수 있습니다.

새마음 갖기 운동은 한 국가가 진정한 복지국가로 성장해 나가고자 할때 필연코 다져야 할 기초작업이며, 이 일을 하지 않고 발전을 추구한다는 것은 기초공사 없이 허술한 채 고층 건물을 짓는 위험과 같다고 총재님께서 말씀하셨습니다. 충효와 경애를 근간으로 하는 정신 질서 및 성실과 친절 봉사를 기축으로 하는 행동 질서, 그리고 청결 정돈과 자연보호를 표방하는 환경 질서의 실천 여부는 오로지 새마음의 정착과 확산에 있으며 새마음의 아름다운 결실이 전 국민의 마음속에 맺혀질 때 진정한 복지국가로 발전할 것입니다.

우리는 나라의 발전과 번영만이 우리의 행복임을 다시 한 번 깨달아서 국가 민족을 위해 내 모든 것을 바쳐 봉사하며 구국 대열에 앞장설 결의가 다져져야 합니다.

조국이 어지럽고 위태로우면 내 영광 내 행복이 어디 있으며, 가난과 병에 우는 동포를 두고 내 기쁨 내 웃음이 어디에 있겠습니까?

문화의 척도와 민도의 기준은 결코 사치와 허식, 그리고 국민소득의 많고 적음에 있는 것이 아닙니다. 일신의 안일과 영달보다 국가사회의 발전과 번영을 위한 희생적인 봉사 정신의 강도에 있다고 하겠습니다.

우리 구국여성봉사단원은 투철한 국가관과 막중한 사명감을 견지하여 보다 풍요한 내일을 살아갈 슬기로운 여성이 되기 위하여, 작은 일을 소중히, 맡은 일에 정성을, 어려운 일은 내가 먼저, 이웃을 내 몸같이 그리고 항상 공익과 질서를 앞세우는 새마음을 더욱 공고하게 다져서, 이를 행동으로 실천해 갈 것을 굳게 다짐하면서 대회사에 갈음합니다.

새마음 봉사단 경북도 단장 최종덕 1978. 4. 4.

세계 속의 위대한 한국인이 되자

희망찬 새 시대의 장이 열린 80년대의 봄을 맞아 오랫동안 갈망하던 계성 어린이들의 졸업기념 문집인 『계성』 창간호를 발간하게 되어 뜻깊게 생각합니다.

믿음, 소망, 사랑이 넘치는 계성 동산에서 열심히 공부하며 씩씩하게 뛰노는 어린이 여러분을 볼 때면 조국의 희망찬 앞날이 약속되는 것 같아 마음 든든합니다. 착실한 하루하루의 학교생활 가운데 지난 한 해 동안 틈틈이 써모은 여러분의 알찬 내용의 글과 교내의 각종 글짓기 대회에서 입상한 재교생들의 고운 글들을 한데 엮어 한 권의 알찬 책자로 내놓게 되니 흐뭇하기 그지없습니다. 글은 글쓴이의 마음의 거울이며 대화라고 했습니다. 여러분의 아름다운 글은 마치 티 없이 맑은 여러분의 눈동자를 보는 것 같기도 하고, 푸른 소나무와 같이 싱싱하기도 하여 우리 계성 새싹들의 넘치는 활력에 또다시 뿌듯한 긍지를 느낍니다.

여러분은 2000년대의 이 나라 주인공이요, 나아가서는 세계 속의 한국인으로서 정의와 사랑과 봉사로 온 누리를 밝게 비출 자랑스러운 일꾼들입니다. 그날을 위해 우리 모두가 열심히 공부하고 튼튼한 몸과 슬기로운 지혜를 계성에서 갈고 닦으며 힘쓰고 있는 줄 압니다. 각자 타고난 소질을 최대한으로 개발하여 남에게 의지하지 않고, 스스로 자기 일을 계획하고 문제를 해결할 줄 아는 사람이 되어야겠지요. 그래서 우리들은 지금부터 세상을 넓고 크게 보는 눈과 내 힘으로 나의 앞날을 다듬어 갈 수 있는 저력을 쌓아 나가야 됩니다.

그와 같은 힘은 최선을 다해 선현들의 교훈이 담긴 책을 많이 읽고, 생각하고 느끼고, 좋은 일을 행하며, 나의 생각을 바르게 가지고 그것을 글을 통해 표현하는 가운데 길러집니다. 여러분들이 펴낸 『계성』 문예지는 여러분의 정성이요 땀방울이 영근 값진 열매이며, 구김살 없는 삶의 기록이라 믿고 먼 훗날 여러분의 푸른 꿈을 키워주는 밑거름이 되길 바랍니다.

계성 창간호 발간사 1982. 2.

다시 걷고 싶은 길

이 고장 여성 교육의 요람으로 하나님 말씀의 반석 위에 진리의 터전을 세운 지 어언 75주년! 우리 모교가 개교 75주년을 맞는 이 벅찬 감격과 환희를 2만 동문들과 그리고 오늘이 있기까지 음으로 양으로 성원하여 주신 여러분들과 함께 나누고 싶은 마음이 간절해지며 한결같이 신명을 사랑해주신 하나님께 먼저 감사를 드립니다.

심한 콜레라가 순식간에 수많은 인명을 앗아갔던 1946년 가을, 열세 살 어린 시골 소녀에게는 콜레라의 무서움보다 배움에 대한 집념이 더 강하게 작용하여, 백 리 길을 멀다 않고 방역반들의 새끼줄을 피해가며, 울며 지치며 끝내 찾아간 신명학교의 첫인상은 빨간 벽돌로 아담하게 지어진 건물로서 대구 시가지를 지켜보듯 우뚝 솟아 있었고, 동산 언덕에는 탐스러운 감들이 주렁주렁 매달려 있었습니다.

이제 비옥한 동산 신명도 깊숙이 뿌리가 내려지고 풍성한 열매들이 알알이 영글어 경향 각지에서 눈부신 활동을 하고 있는 동문들을 볼 때 하나님의 축복을 감사하게 됩니다. 신명의 딸들은 유달리 따뜻한 선후배 간의 사랑이 넘쳐 신명의 딸이 가는 곳마다 훈훈함이 있고 겸손과 슬기, 그리고 봉사가 있다는 평을 받음도 우리만이 갖는 신명의 긍지라고 자부하고 싶습니다.

우리는 오늘에 만족하지 말고, 보다 나은 내일을 향해 더욱 힘찬 전진을 계속합시다. 걷는 자만이 앞으로 나아갈 수 있습니다. 우리 모두 진리의 등대가 되어 온 누리를 비출 수 있도록 최선을 다하십시다.

신명교우지. 신명 총동장회장 최종덕 1982. 10. 23.

교육의 본질은 사랑이다

이렇게 예쁘고 씩씩한 여러분이 계성초등학교 1학년이 된 것을 기뻐하며 축하하고 환영합니다.

계성초등학교는 어떤 학교입니까? 좋은 학교이지요?

그럼 왜 좋은 학교인지 함께 생각해 볼까요?

첫째, 하늘과 땅과 바다와 사람을 만드신 하나님이 계시기 때문입니다.

둘째, 여러분들을 사랑과 정성으로 가르쳐 주시는 훌륭한 선생님이 계시기 때문입니다.

셋째, 오늘 여러분의 손을 잡고 옆에 앉아 있는 착하고 씩씩한 언니, 오빠들이 많기 때문입니다.

넷째, 여러분들과 함께 공부할 좋은 친구가 있기 때문입니다.

다섯째, 컴퓨터실, 음악실, 방송실, 식물원, 야외 잔디밭 등 좋은 시설이 참 많기 때문이에요. 그 외에도 좋은 것, 재미있는 것이 많이 있지요.

좋은 학교의 1학년이 된 여러분! 좋은 사람이 되기 위해서는 어떻게 해야 하나요?

부지런히 학교에 와야 합니다. 친구들과도 사이좋게 지내야 하지요.

그리고 모르는 것은 어서 배워서 착하고 튼튼하고 슬기로운 어린이가 되어야 합니다. 우리 모두 환한 모습으로 내일부터 재미있게 배웁시다.

학부모 여러분! 진심으로 축하드립니다. 오늘부터 여러분은 전통에 빛나는 계성의 가족이 되었습니다. 천사와 같이 아름답고 사랑스러운 어린이들이 믿음, 소망, 사랑, 화평의 계성동산에서 인생의 결정기인 6년간을 몸도 마음도 지혜도 아름답게 자라도록 마음과 뜻과 정성을 한데 모아 격려하고 기도하면서 사랑의 영양을 한결같이, 그리고 적절하게 공급할 것을 다짐합시다. 인간 생명의 핵심은 사랑입니다. 교육의 본질도 사랑입니다. 공부 잘하는 아이, 기능이 우수한 아이로 키우려고 조급해하지 마시고, 호기심을 갖고 즐겁게 생활하면서 최선을 다하는 품성이 착한 아이로 키워 모두가 행복한 생활을 하도록 뒷바라지하십시다.

친애하는 학부모 여러분, 그리고 선생님 여러분!

우리는 지금 열린 세계, 무한경쟁 시대에 살고 있습니다. 무서운 범죄와 사건 사고의 소용돌이 속에서 '어떻게 사람다운 사람으로 키울 것인가?'를 생각하면 무거운 책임감을 느끼지 않을 수 없습니다. "예수는 그 지혜와 그 키가 자라가며 하나님과 사람에게 더 사랑스러워 가시더라(눅 2:52)."고 성경은 말씀하고 있습니다. 지적 성장, 신체적 성장뿐 아니라 영적으로 성장하고 사회적으로 성장해 간 예수님을 바라보며, 무한한 가능성의 존재요, 천하와도 바꿀 수 없는 귀한 어린이들의 왕성한 생명의 에너지를 부모나 교사의 잘못으로 헛되지 않도록 주님의 교양과 훈계로 양육합시다.

교육은 백년지대계입니다. 사랑과 정성으로 뒷바라지하고 정성을 다해 가르쳐서 훌륭한 사람이 되도록 다 같이 노력합시다.

끝으로 하나님의 축복이 새싹들과 우리 모두에게 항상 가득하기를 기원하며 환영사에 갈음합니다. 감사합니다.

1989. 3. 6. 입학식

우리는 그리스도의 일꾼

고린도전서 4장 1절 말씀(사람이 마땅히 우리를 그리스도의 일꾼이요, 하나님의 비밀을 맡은 자로 여길지어라.)으로 함께 은혜받는 시간이 되었으면 좋겠습니다.

우리는 누구입니까? 우리는 그리스도의 일꾼으로 부름받은 자들입니다. 즉, 소명자인 것입니다. 또한, 우리는 하나님의 비밀을 맡은 자이며, 각기 하나님의 귀한 달란트를 받은 자들입니다. 그러므로 우리는 축복과 은총을 받은 자들이기에 항상 감사하며 살아야 할 것입니다.

하나님은 왜 우리를 택해 일꾼 삼으시고, 하나님의 비밀을 맡겼을까요? 그 이유는 하나님이 우리를 충성 되게 보셨기 때문이며, 하나님이 우리를 사랑하셨기 때문이며, 우리로 하여금 산 위에 등불이 되게 하시며, 빛과 소금이 되게 하시기 위해서입니다.

우리의 역할과 사명은 무엇이며 어떻게 해야 할까요?

먼저 항상 충성을 다해야 합니다. 맡은 자의 구할 것은 충성이라(고린도전서 4장 2절)고 하셨습니다. 각자 맡은 일이 크든 작든 명예나 이름만이 아닌 소명으로 최선의 노력을 다해야 합니다. 또한, 우리는 항상 깨어 있어야 합니다. 어린이들을 위해서 항상 기도하고 살피며 관심과 사랑을 베풀 수 있도록 깨어 있어야 합니다.

충성된 하나님의 일꾼에게는 이러한 상급이 있다고 말씀하셨습니다. 마태복음 25장에 나오는 주인과 종의 비유에서 하나님은 달란트를 배로 남긴 종에게 "착하고 충성된 종아! 네가 작은 일에 충성하였으매 많은 것으로 네게 맡기리니, 네 주인의 즐거움에 참여하리라. 네 모든 것을 풍족하게 하리라. 내가 생명의 면류관을 네게 주리라."고 약속하고 계십니다. 또 하나님께서는 충성하지 못한 자에게는 무서운 징벌을 내리겠다고 말씀하셨습니다. 받은 달란트를 땅에 묻어둔 종(직분만 가진 자)에게 하나님은 맡겼던 한 달란트마저 빼앗아 버리시고, 악하고 게으른 종을 바깥 어두운 데로 내어쫓으시며, 거기서 슬피 울며 이를 갈도록 하셨습니다. 우리도 우리의 직분에 충성하지 못할 때는 이와 같이 슬피 울며 이를 가는 날이 올 수도 있다는 것을 명심해야 할 것입니다.

여러분! 우리는 다시 한 번 우리가 하나님으로부터 부름받은 그리스도의 일꾼이요, 하나님의 비밀을 맡은 자임을 깨닫고, 우리의 생명과 호흡이 있을 때까지 하나님을 찬양하고, 죽도록 충성하여, 생명의 면류관을 쓰고 주님의 잔치에 참여하는 자가 되시기를 바랍니다.

교직원 신년 예배 1990. 1. 4.

햇빛과 같은 너의 광채를 세상에 비쳐라

6년이란 긴 세월 동안 무사하게 지켜 주신 하나님과 온갖 정성으로 뒷바라지해 주신 부모님들과 알뜰히 가르쳐주신 선생님들에게 깊은 감사를 드립니다. 혼란과 격동의 80년대를 보내고 한 연대의 새로운 장을 연 90년 새해를 맞아 바르게, 슬기롭게, 튼튼하게 잘 자라서 영광스러운 졸업을 하게 된 사랑하는 계성의 보배인 여러분들에게 진심으로 칭찬과 축하를 드립니다.

천사와 같이 예쁘고 귀엽던 입학 당시의 여러분들 모습이 아직도 눈에 선한데 벌써 졸업이라니 세월이 너무 빠른 것 같습니다.

여러분들이 꿈과 추억의 계성동산을 떠나면서 티 없이 맑고 고운 동심의 세계에서 보고 생각하고 느끼고 체험하고 행한 갖가지 아름다운 삶의 발자취들을 각양각색의 제목과 놀라운 표현으로 문집을 엮어 졸업기념으로 남긴다니, 참으로 뜻이 깊고 대견스럽기 그지없습니다. 졸업생 전원이 마음과 뜻을 한데 모아 끝날 때까지 최선을 다한 결실이기에 더 소중하게 생각되며, 먼 훗날 여러분들의 꿈 많던 소년소녀시절의 추억을 되새기는 값진 문집이 되리라 믿습니다. 한 편 한 편 여러분들의 글을 읽으면서 너무나 슬기롭고 밝게 성장한 여러분들이 참으로 신비스럽게 느껴집니다.

6년을 하루같이 간절한 기도와 때로는 근심과 걱정으로, 때로는 큰 기쁨과 보람으로 여러분들의 놀라운 변화와 성장을 지켜본 학교장으로서 가슴 벅찬 감회와 뜨거운 감사와 뿌듯한 자부심과 또 교육의 힘이 얼마나 크고 중요한 것인가를 새삼스럽게 절감하게 됩니다.

사랑하는 계성의 꿈나무들이여!

우리들은 지금부터 세상을 넓고 크게 보는 눈과 내 힘으로 나의 앞날을 다듬어 갈 수 있는 저력을 차곡차곡 쌓아 나가야 되리라고 믿습니다.

그와 같은 힘은, 항상 최선을 다하며 훌륭한 선현들의 교훈이 담긴 좋은 책들을 많이 읽고, 생각하고, 느끼고, 그리고 좋은 일을 행하며, 나의 생각을 바르게 가지고, 그것을 글을 통하여 표현하는 가운데 길러진다는 것을 잊지 말아야 할 것입니다.

여러분이 펴낸 계성 문예지는 여러분의 정성이요, 땀방울이 영근 값진 열매이며, 여러분의 구김살 없는 삶의 기록이라고 믿고 먼 훗날 여러분의 푸른 꿈을 키워주는 포근한 밑거름이 되기를 바랍니다.

그동안 참으로 수고가 많았습니다. 여러분들은 매사에 성실하고 최선을 다해 오늘의 영광을 가져오게 되었습니다. 여러분들의 땀방울은 믿음, 소망, 사랑, 화평의 계성동산에 수많은 아름다운 열매들을 영글게 했습니다. 각종 준거집단 활동에서 최우수교로 표창, 각종 경연대회에서 특상, 아름다운 학교 뽑기 경연대회에서 전국 1위로 대상을 받은 일, 일본 삿포로 자매교에서 계성과 대한민국의 명예를 함께 빛낸 일들! 여러분들의 뜨거운 사랑의 손길은 수많은 사람들의 가슴에 믿음과 소망과 사랑과 화평의 씨앗을 심어 주었습니다.

여러분들의 활기찬 삶에는 불가능이 없으니 여러분들의 앞날이 마음 든든해집니다. 여러분들이 꾸준히 계속 더 성실하게 인생을 살아가기만 한다면, 분명 여러분들은 인생의 승리자가 될 것입니다. 졸업은 끝이 아니고 시작이라고 했습니다. 졸업과 동시에 더욱 힘찬 전진을 계속하십시다.

여러분의 햇빛과 같은 광채를 온 누리에 비춰주는 아름다운 삶의 소유자가 되어 주시기를 당부합니다. "햇빛과 같은 너의 광채를 세상에 비춰라. 영원 무궁 비춰라. 우리의 자랑인 계성아!"

부디 여러분들의 앞날에 하나님의 크신 축복이 함께하시기를 기원합니다.

제24회 졸업식 회고사 1990. 2. 21.

선으로 악을 이기라

사랑하는 졸업생 여러분!

여러분들의 영광스러운 졸업을 진심으로 축하합니다.

"고난과 역경을 이기는 자만이 영광의 면류관을 얻을 수 있다."라고 한 토인비의 말대로, 여러분들이야말로 그 어린 나이로 기나긴 6년간의 세월 속에 그 숱한 힘겨운 일들을 용케도 잘 견디었습니다. 그야말로 열심히, 성실하게 배우고 익히어 모든 과정을 다 잘 성취했습니다. 여러분들의 그 빛나는 졸업장은 참으로 소중하고 값진 인생의 초석을 잘 쌓았다는 표식이며, 고난과 역경을 이겨낸 영광의 첫 면류관입니다.

사랑하는 계성 동산의 보배들이여!

믿음의 동산, 소망의 언덕, 사랑의 온상, 화평의 터전이었던 계성동산은 분명 여러분들의 꿈의 요람이었습니다.

여러분들의 땀방울과 슬기와 활기찬 발자취가 계성동산 구석구석에 많은 아름다운 향기를 발하였고 이제 알차고 값진 열매들을 많이 맺었습니다. 우리는 먼저 오늘이 있기까지 지켜주신 하나님과 사랑과 기도로 뒷바라지해 주신 부모님, 알뜰히 가르쳐주신 선생님, 그리고 그 외의 많은 분들에게 깊은 감사를 드려야 합니다. 감사할 줄 아는 마음으로 졸업의 의미를 생각해야 할 것입니다.

21세기의 주역인 졸업생 여러분!

교정의 라일락 담벽 무지개 밑에 쓰인 "우리는 21세기의 주역들이다." 하는 글귀를 얼마나 많이 다짐하며 외웠습니까? 여러분들에게는 계성동산을 떠나도 결코 잊지 못할 글귀일 것입니다. 더 환하고 밝은 새로운 미래가 여러분 앞에 다가오고 있습니다.

계성인의 정신과 자부심으로 온 인류를 위해 큰 꿈을 안고 또 힘찬 전진을 계속해야 합니다. 여러분들은 왕성한 생의 에너지를 가지고 있습니다. 무한한 가능성의 존재입니다. 계성동산에서의 삶을 교훈 삼아 믿음, 소망, 사랑, 화평의 나침반을 굳게 잡고 인생 항로를 전진하면 여러분들은 인생의 승리자가 될 것입니다.

우리 인생은 참으로 소중합니다. 하나님은 우리에게 복을 주시고 승리하는 삶을 살아가기를 원하십니다. 매사 정직과 정성과 성실로 살아가기만 한다면 여러분은 틀림없이 영광스러운 면류관을 차지할 것입니다.

여러분들을 기다리고 있는 새로운 세계는 평화로운 계성의 온상과는 다를 것입니다. 여러분들은 "선으로 악을 이기기를 힘쓰라."는 학교장의 당부를 명심해 주길 바라며, 여러분의 앞날과 우리 모든 인류의 앞날에 하나님의 축복과 평화가 있기를 간절히 바랍니다.

1991. 2. 19.

열린 세계, 열린 마음

먼저 우리의 자매교인 山手南小學校 개교 10주년을 진심으로 축하드립니다. 아울러 이처럼 뜻 깊고 성대한 기념 식전에 저를 초대해 주셔서 밝고 씩씩한 아동들의 미소 띤 얼굴을 보면서 축하의 말씀을 드릴 수 있는 기회를 허락해 주신 교장 선생님을 비롯한 여러분에게 깊은 감사를 드립니다.

오늘 이 기쁨과 영광을 얻기까지는 역대 교장 선생님을 비롯해 교직원 여러분과 아동 여러분, 그리고 지역사회 여러분이 마음과 힘을 합해서 노력한 결과라고 믿으며 경의를 표합니다.

돌이켜 볼 때, 지금도 저의 가슴에 분명하게 남아있는 큰 감격은 8년 전 佐藤 교장 선생님과 제가 자매결연 조인식을 했던 일입니다.

그리하여 해가 갈수록 한국과 일본의 거리는 가까워지고 서로 친해져서 89년 1월에는 온갖 어려움을 무릅쓰고 우리 일행 14명의 계성 어린이들이 일본 친선 사절단으로 백설이 빛나는 북해도를 방문해서 한평생 잊을 수 없는 멋진 추억이 되었으며, '세계는 하나'라는 사실에 감동되어 국경을 초월한 따뜻한 인류애를 가슴 가득히 안고 눈물로 서로 헤어졌던 일은 정말로 아름다운 국제 친선의 한 장면이었습니다. 그 감동은 지금도 생생하게 남아 있습니다.

감성이 풍부하고 표현력이 우수한 여러분의 한국 기행문 『날개 쳐라(하바다캐)』는 한국의 어린이들과 선생님들에게 널리 읽혀지고 있습니다. 한국의 어린이들은 이웃 나라 일본에 상냥하고 좋은 친구들이 많이 생긴 것을 자랑스럽게 생각하고 있습니다.

밝고 씩씩한 山手南小學校의 어린이 여러분!

여러분은 21세기의 주역들입니다. 지금 세계는 하나의 지구촌, 하나의 우주촌이 되었고, 세계의 질서는 날마다 변하고 있습니다. 인류는 지금 손을 맞잡고 살아가지 않으면 안 됩니다. 지금은 열린 세계 열린 학교입니다. 열린 마음으로 국제 이해와 세계 평화를 위해 먼저, 가장 가까운 이웃인 우리와 여러분들이 서로의 장점을 나누어 가지면서, 88 서울 올림픽의 노래처럼 '손에 손잡고' 서로 사랑하면서, 서로 도와가면서 교류를 깊게 하여 영원히 변치 않는 양교의 우의를 다져 나가야 합니다.

끝으로, 여러분이 밝은 빛 가운데서 미래를 향해 더 높이 더 크게 웅비할 것을 진심으로 기원합니다.

일본 자매교 10주년 기념축사 1991. 11. 30.

사랑과 신앙의 공동체

먼저 사랑하는 회원 여러분과 여러분의 가정에 하나님의 축복이 항상 가득하시기를 빕니다.

70년이란 긴 역사와 전통, 그리고 믿음으로 무장된 2,700여 명의 회원을 가진 YWCA의 제23대 회장직을 맡게 되어 무거운 책임감을 느끼게 됩니다.

"두려워 말라. 내가 너와 함께 함이니라. 내가 너를 굳세게 하리라. 참으로 너를 도와주리라. 나의 의로운 오른손으로 너를 붙들리라." 하신 이사야서 41장의 하나님의 약속의 말씀을 굳게 믿고 기도하며, 성실하게 최선을 다해서 대구 YWCA의 새로운 역사의 한 장을 엮어 나갈 생각입니다.

모든 회원님의 간절한 기도와 뜨거운 성원이 있어야 하겠습니다. 황금만능주의와 인명경시의 풍조가 만연하고, 어린이와 여성, 그리고 소외된 계층의 권익이 정당하게 보호받지 못하며, 문화적·사회적 동질성이 절실히 요청되는 오늘날에 있어서 우리 Y 회원들의 역할 수행은 더욱 중요하다고 봅니다. 숭고한 Y의 목적 구현을 위해서 어린이 회원에서부터 할머니 회원에 이르기까지 우리는 함께 지혜를 모으고 더 강한 응집력으로 결속되어야 하며, 사랑의 공동체로서, 신앙의 공동체로서 우리 지역 사회의 선도적 역할을 충실히 감당하여 위상을 더 높이고 더 알찬 성장과 큰 발전을 이룩해야 할 것입니다.

올해 한국 Y는 '함께 사는 세계-바른 삶 실현으로'라는 주제 아래 밝은 가정, 바른 사회 운동과 평화와 통일, 국제화에 대비하는 교육 등의 주력사업을 전개하고 있으며, 다양한 프로그램과 연구 모임으로 여러 회원 님들의 적극적이고 능동적인 참여를 기다리고 있습니다. 회원 한 사람 한 사람이 주인의식을 가지시고 하나님의 나라와 그 의가 이 고장 대구에 더 빨리, 더 깊숙이 확산될 수 있도록 하나님의 은혜를 받은 선한 청지기 로서 열심히 헌신 봉사해 주시기를 당부드립니다.

대구 YWCA 회장 취임사 1992. 1. 30.

국민화합 궐기대회 영남대회 환영사

높고 푸른 가을 하늘 아래 오곡백과가 무르익는 아름다운 계절입니다. 전국 각지에서 하나 되기 위해 바쁘신 일 다 제쳐 두시고, 온갖 불편함 다 감내하시며, 우리 고장 대구를 찾아주신 귀빈 여러분! 특히 350명 호남 대표 여러분, 뜨거운 감사의 말씀을 드리며 충심으로 환영합니다.

오늘, 교육과 문화의 도시요, 섬유의 도시인 이곳 대구에서 하나 되기 위한 국민화합 범국민 궐기대회를 개최하게 됨을 매우 뜻깊게 생각합니다.

반만년 전에 우리 조상들은 한반도에 단일 민족으로, 홍익인간의 숭고한 이념 아래 자유와 평등의 국가를 건설하여 오손도손 정답게 살면서 빛나는 역사와 아름다운 문화를 창조하였고, 국가가 어려울 때마다 우리는 민족 공동체로서 불타는 민족혼으로 굳게 뭉쳐서 나라를 지켜왔으며, 온갖 시련과 역경 속에서도 민족의 저력으로 우리 대한민국을 지켜온 것입니다.

그러던 우리가 고도의 물질문명 속에 살게 되면서 극단적인 집단 이기주의와 망국적인 지역 이기주의로 서로 불신하고 서로 반목하며, 세계 그 어느 곳에서도 찾아볼 수 없는 지역감정이라는 부끄러운 단어로 우리의 조국을 병들게 하고 있는 현실은 참으로 가슴 아픈 일이라 아니할 수 없습니다.

지금, 온 세계는 하나의 지구촌으로 국경과 이념을 초월한 인류애로 더불어 함께 살아가고자 힘과 지혜를 결집하고 있는데, 유독 우리만이 아직도 민족의 동질성을 망각한 개인의 이익, 지역의 이익을 추구하는 데 급급해서야 되겠습니까? 오늘 '우리는 하나로'를 표어로 이 자리에 모였습니다. 이 대회를 통하여 우리는 새롭게 태어나야 되겠습니다. 우리는 한 핏줄, 한 겨레임을 재확인하여야 하겠습니다. 지역 간, 계층 간, 노사 간의 불신의 벽을 허물어야 하겠습니다. 새 화합의 장을 이루어 새롭게 출발해야 합니다.

우리의 소원은 하나입니다. 동과 서가 하나가 되는 것, 남과 북이 하나가 되는 것, 온 국민이 하나가 되는 것, 이것이 우리 온 민족의 염원입니다. 이것이 우리를 행복하게 하는 지름길입니다.

하나 되기 위해 동참하신 국민 여러분! 손에 손을 굳게 잡읍시다. 닫혀진 마음의 문을 활짝 여십시오. 알게 모르게 서로의 가슴에 상처를 주었다면 오늘 서로 화해합시다. 우리의 소원은 하나, 우리의 소원은 통일이란 오늘의 대회가를 힘차게 부릅시다.

여러분! 바르셀로나의 올림픽에서 우리의 아들딸들이 세계적인 선수들을 물리치고 당당히 우승했을 때 우리는 모두 환희와 감격의 눈물을 흘리지 않았습니까? 그 순간 우리는 어느 지역 출신 선수와 관계없이 한마음이 되어 열광했으며, 태극기가 올라갈 때마다 눈물을 흘리며 감격했던, 그 나라 사랑의 마음으로 오늘 굳게 화합하십시오.

이제 우리 앞에는 21세기가 다가오고 있습니다. 우리 조국의 미래가 아무리 괄목할 만한 경제적 풍요가 약속된다 할지라도 우리의 마음속에 서로 사랑하고, 기쁨도, 아픔도 함께 하는 민족 공동체로서의 공감적인 인간관계가 형성되지 않는다면 영광된 미래도, 통일된 조국도 기대할 수 없습니다. 먼저 우리가 하나 되어 통일 성업을 이룩하도록 노력합시다.

이제 우리를 가로막을 것은 아무것도 없습니다. 이제 우리가 스스로 만든 올가미에서 자유로워집시다. 참으로 자랑스럽고 영광된 우리의 통일 조국을 후손에게 물려줄 수 있도록 손에 손잡고 뜨거운 사랑을 나눕시다.

비록 하룻밤 한나절의 행사지만, 만리장성의 정을 쌓고 아름다운 추억을 듬뿍 담아가시기 바랍니다. 하나 되기를 염원하는 우리 모두에게 더 크신 하나님의 축복이 함께하시기를 기원합니다.

대구·경북지구 상임의장 최종덕 1992. 9. 27.

한 알의 밀이 땅에 떨어져 죽으면 많은 열매를 맺느니라

먼저 이곳 대구에 여자기독청년회를 세우게 하시고, 70년이란 긴 세월 동안 지켜 주신 하나님께 영광과 찬양과 감사를 드립니다.

"한 알의 밀이 땅에 떨어져 죽으면 많은 열매를 맺느니라." 하신 요한복음의 말씀이 이 순간 저의 가슴을 뜨겁게 합니다. 돌이켜 보면 1923년 일본 압정으로 암울했던 시대 상황 속에서 보수적인 전통의 고장 대구 땅에 우리나라 여성계의 선구자이신 김활란, 황에스터, 두 믿음의 선배에 의해 대구 YWCA가 창설되어 택함받은 하나님의 딸들의 헌신적인 사랑과 봉사로 이 고장의 어둠을 밝히는 등불로서 70年의 기나긴 연륜을 이어 왔으며, 아름답고 값진 많은 열매를 맺어 오늘 축복과 기쁨 속에서 이렇게 고희(古稀)를 맞이하게 되었음을 생각할 때 참으로 감회가 큽니다. 한없는 감사와 보람이 Y 회원 여러분의 가슴에 가득히 채워지는 감격적인 순간이라 믿어집니다.

대구 YWCA 70년의 역사는 그야말로 이 나라와 겨레가 걸어온 고난의 자취와 맥을 같이 했으며, 때로는 눈물과 고통을, 때로는 안타까움과 역부족을, 때로는 소망과 보람으로 젊음의 정열을 불태워 온 이 나라 여성의 산증인이었다고 하여도 과언이 아닐 것입니다.

초창기에는 민족 독립운동에 앞장섰으며, 6·25사변 때는 부상병 간호와 육군병원에 여전도사 파송 등으로 조국 수호의 일익을 담당했으며, 사라호 태풍 때는 이재민 구호활동으로 사랑의 손길을 펼쳤으며, 그 밖에 소비자 보호 운동, 이산가족 찾기 운동, 교도소 재소자 교화 사업, 근로여성 직업교육, 환경 보호운동, 청소년 공부방, 어린이집 운영, 무료 직업 안내 사업, 아나바다 장날, 무료 예식장 운영 등, 일일이 다 열거할 수 없을 만큼 많은 사업을 역경과 고난 속에서도 활기찬 Y의 사명감으로 지역사회의 구석구석에 빛과 소금으로 스스로를 태우고 녹이는 사명 완수에 혼신의 힘을 기울여 주신 믿음의 선배들과 회원 여러분들의 희생정신에 깊은 경의를 표합니다.

사랑하는 YWCA 회원 여러분!

우리는 고희(古稀)를 맞이하여 놀라우신 하나님의 섭리와 은혜를 감사하며, 겸허한 자세로 지난 70년의 삶을 되돌아보면서 더 큰 꿈과 비전을 가지고 다가올 미래를 준비하기 위한 새로운 결심이 있어야 하겠습니다.

오늘의 뜻깊은 창립 70주년이 앞으로 맞이할 80주년, 100주년의 비약적 발전을 기약하는 기폭제가 되어 궁창의 빛과 같이 영원히 빛나는 YWCA가 되기를 바라는 마음 간절합니다.

끝으로, 이 자리를 빛내주신 여러분에게 하나님의 축복이 항상 함께하시기를 기원하면서 기념사에 갈음합니다.

대구 YWCA 창립 70주년 회장 기념사 1993. 4. 21.

YWCA 일하는 여성의 집 개관식사

오늘 평소에 존경하는 조해녕 대구직할시장님, 김용태 국회의원, 신진욱 국회의원, 김상연 대구시 의장님을 비롯한 여러 기관 단체장님들과 김갑현 대한 YWCA 연합회장님을 비롯한 우리 Y 가족들이 많이 참석한 가운데 그동안 대구 YWCA가 추진하여 온 '일하는 여성의 집' 개관식을 갖게 된 것을 매우 기쁘게 생각합니다.

어려운 정부예산 가운데서도 이곳 대구에 7억 원 가까운 큰돈을 보조하여 주신 남재희 노동부 장관 님의 특별하신 배려와 대한 Y.WC.A 김갑현 연합회장님의 적극적인 성원에 대하여 심심한 경의를 표합니다.

그리고 대구직할시장님의 적극적인 지원과 대구시민들의 절대적인 성원에 대하여 진심으로 감사를 드리며, 또한 본 회관의 시설 설비에 소요되는 자금 5천만 원을 희사하여 주신 대구백화점 구정모 사장님께 이 자리를 빌려 고마운 뜻을 전합니다.

오늘날 급변하는 국제화 시대의 무한경쟁에서 살아남기 위해서는 평등한 사회, 열린 사회를 지향하여 새로운 비전을 가지고 여성인력을 최대한 개발 활용함으로써 '성의 차별"이 아닌 능력에 따른 여성의 사회 참여가 더욱 확대되고 실현되어야 할 것입니다.

이러한 전환기적 시점에서 일하는 여성의 집이 설립된 것은 매우 뜻깊은 일로서 저희 3,000여 대구 Y 회원들은 71년의 긴 역사 속에 쌓아온 경험을 바탕으로, 투철한 사명감과 자부심을 갖고 이 지역 여성들의 잠재능력을 개발하여 취업기회를 확대함으로써 여성들의 자아실현은 물론이고,

국가사회발전의 일익을 담당할 수 있도록 혼신의 힘을 기울일 것을 다짐하면서 여러분들의 아낌없는 지도 편달과 뜨거운 성원을 부탁드립니다.

대구 YWCA 제24대 회장 최종덕 1994 7. 21.

광복 50주년을 맞으며

올해는 광복 50주년을 맞는 참으로 뜻깊은 해다. 일본의 36년간에 걸친 잔악한 우민착취 정책과 창씨개명, 일본어 사용 강요 등 우리 민족 말살의 식민 통치의 고통에서 해방된 기쁨과 감격에 젖은지 반세기. 그러나 그 환희와 감격도 잠깐이었고, 동서 냉전에서 온 이념적 갈등, 동족상잔의 6·25 참화, 극심했던 경제적 빈곤, 콜레라와 같은 무서운 병마의 창궐, 무질서와 혼란 등 엄청난 민족적 시련의 역사가 계속되었다. 그런 어려운 상황 속에서도 오늘과 같은 기적적인 국가발전을 이룩했음이 실로 꿈만 같고, 그 놀라운 민족적 저력에 뿌듯한 긍지와 자부심을 느끼게 된다. 그러나 우리는 지금 급속한 물질문명의 발전으로 인해 아쉬움을 모르는 물질적 풍요 속에 살면서도 감사할 줄 모르고 정신적 빈곤에 허덕이고 있다. 그때는 극심한 물질적 빈곤 속에 살면서도 정신적 풍요로움이 있었다. 억압당하고 어려울수록 서로 뭉쳤고, 가난할수록 이웃과 사랑을 나누며 오손도손 사는 훈훈한 인정이 있었다. 작은 것이라도 아끼고 귀하게 여겼고, 곡식 한 알도 버리면 죄의식을 느꼈으며 의복도 유행보다 실질적인 것으로, 떨어져도 기워 입고 이웃과 바꾸어 입던 근검절약 정신이 있었다. 그리고 역경과 시련을 이기는 강인한 정신력과 참을 줄 알고 분별할 줄도 알고 땀 흘릴 줄도 알았으며, 협동과 희생으로 상부상조할 줄 아는 슬기가 있었다. 또 부모님과 스승은 물론이고 이웃 어른에 대한 공경심과 인간적인 유대감이 끈끈했다.

그런데, 오늘날 이 땅에는 극단적인 이기심과 물질만능주의, 무사안일과 퇴폐, 향락주의, 일확천금주의, 인명경시풍조 등 잘못된 가치관의 만연으로 도덕적 위기와 인간성의 황폐화로 삶의 방향감각을 상실하고 있다.

양심과 성실, 사랑과 인간성이 텅 빈 정신적 빈곤에서는 풍요로운 21세기를 맞이할 수 없음을 깊이 성찰하고 하루속히 붕괴된 도덕심과 잘못된 가치관을 바로 세우도록 노력해야 한다. 황폐한 인간성을 훈훈하게 회복시키는 일에 우리 모두가 더불어 지혜를 모을 때 광복의 진정한 의미와 감격이 영원히 퇴색되지 않으리라 믿는다.

1995. 8.

인생의 승리자가 되기를 바라며

영광스러운 계성의 졸업장을 받게 된 제31회 졸업생 여러분에게 진심으로 축하를 드리며, 6년이라는 긴 세월 동안 여러분의 오늘이 있기까지 지켜주신 에벤에셀의 하나님께 감사드립니다.

올해 따라 여러분을 보내는 나의 마음은 그 어느 때보다 감회가 깊고 아쉬움이 많습니다. 여러분을 보낸 6개월 후 8월이면 교장 선생님도 온 정열을 쏟은 계성동산을 떠나야 하기 때문입니다. 20년 동안 본교를 떠나는 졸업생들의 늠름하고 아름답게 성장한 모습들을 볼 때마다, 교직자로서의 큰 보람과 자부심을 느끼며 교육의 힘이 얼마나 큰지를 새삼 깨닫고 기뻐했습니다.

"그 지혜와 그 키가 자라가며 하나님과 사람에게 더 사랑스러워 가시더라."라는 성경 말씀처럼 여러분은 하나님과 우리들이 보기에 한결 사랑스럽고 대견스러워졌습니다. 6년 동안 키도 많이 자랐으며, 지혜도 많이 늘었으며, 예수님의 가르침을 더 잘 알게 되었으며, 사회적으로 조화로운 성장을 잘하였다고 생각됩니다.

그동안 여러분은 놀라우신 하나님의 사랑과 하늘보다 높고 바다보다 깊은 부모님과 스승의 따뜻한 사랑과 기도의 영양소를 듬뿍 받았기에, 힘겨웠던 갖가지 역경을 이기고 영광의 졸업이라는 열매를 맺게 되었으니, 어찌 감사하지 않으며 기쁘지 않겠습니까?

21세기 꿈나무 동산 담벼락 위에 피어나는 이른 봄의 라일락 향기 속에서, 여름에 붉게 타오르는 샐비어 꽃길에서, 가을 종합전시회의 짙은 향기 속에서, 푸른 잔디 학습장에서, 넓은 운동장 구석구석에서 꿈을 가꾸었던 졸업생 여러분의 구김살 없는 눈망울들이 떠오르며 감회와 아쉬움이 북받쳐 옵니다. '한 사람 한 사람 더 사랑하고 더 보살펴야 했는데.' 하는 아쉬움을 지울 수가 없습니다. 특히 그토록 원하던 급식 시설이 5월에 완공되기 때문에 졸업생 여러분이 따뜻한 점심을 친구들과 함께 즐겁게 먹는 모습을 보지 못함이 가슴 아픕니다.

믿음과 소망과 사랑과 화평의 계성동산을 떠나는 졸업생 여러분!
입학 당시부터 여러분들은 서편 담벼락에 새겨진 아름다운 무지개와 "우리는 21세기의 주역들이다."라는 표어를 보고 꿈과 희망을 키우며 '바르게, 슬기롭게 튼튼하게, 사이좋게' 하는 우리 학교의 어린이상을 6년간 행동으로 다져 왔으리라 믿습니다.

21세기가 이제 3년 앞으로 다가오고 있습니다. 밝은 미래는 여러분이 창조해 나가야 합니다. 도덕적이고 창의적이며, 심신이 건강하고 협동적이며, 더불어 살아가는 지혜가 있는 자는 희망찬 21세기의 주역이 될 것입니다. 어떤 역경과 시련에도 좌절하지 말고, 적극적이고 긍정적인 사고로 하루하루를 성실하게 살아갈 때 인생의 승리자가 될 것이라 확신합니다.

끝으로, 여러분의 아름답고 소박한 꿈과 6년간의 배움의 자취가 소복이 담긴 졸업 기념문집 『계성 8호』를 보면서 찬사와 뜨거운 박수를 보냅니다. 참으로 대견스럽고 놀라운 표현력에 감탄하면서, 이 문집이 먼 훗날 훌륭한 어른들이 되어서 추억을 되새기는 값진 자료가 되기를 바랍니다. 더 넓고 밝은 21세기를 향해 또 다른 전진을 시작하십시오. 하나님이 인도해 주시고 축복해주실 것입니다.

1997. 2. 20.

행복한 결혼생활의 조건

화창한 봄날을 맞이하여 결혼식을 거행하는 양가 부모님들께 심심한 축하의 말씀을 드리며, 바쁘신 중에도 원근 각지에서 왕림해 주신 하객 여러분들께 감사의 말씀을 드립니다. 오늘 새로운 인생을 출발하는 신랑·신부가 한결같이 행복한 가정을 이루기를 바라며 주례사를 드립니다.

신랑 류군은 초중고등학교 12년간 개근상을 받을 정도로 근면 성실하고, 창의력이 뛰어나 과학기술처장관상 등 많은 상을 수상하였을 뿐 아니라, 효성이 지극한 모범적인 학생이었습니다. 대학에서 경제학을 전공한 후 큰 꿈을 가지고 미국 유학을 마치고 돌아온 뒤 현재 후진을 양성하고 있는 장래가 촉망되는 청년입니다. 신랑의 아버님은 섬유 사업가이며 어머님은 합창단단장으로서, 지역사회 발전과 문화 창달에 기여할 뿐 아니라 많은 봉사활동을 하여 여러 사람으로부터 칭송과 존경을 받고 있습니다.

신부 김양은 훌륭한 부모님 슬하에서 가정교육을 잘 받아 예의 바르며, 언제나 웃는 얼굴과 평화로운 표정으로 주위 사람들을 편하게 해주는 재색을 겸비한 아름다운 규수입니다. 지금까지 신랑 신부는 각기 다른 환경 속에서 성장해 왔지만, 이제부터는 새로운 환경 속에서 둘이 함께 새로운 가치를 창출해야 합니다.

철학자 칸트는 행복의 조건을 일, 사랑, 희망, 건강이라고 했습니다.

자신이 좋아하는 일이 있고, 사랑하는 대상이 있고, 희망이 있으며, 건강한 이 두 젊은이는 모든 것을 갖추었습니다. 앞으로 사랑이 더욱 충만하고 행복한 결혼생활을 할 것을 믿으며 다음 세 가지를 당부합니다.

첫째, 서로의 다른 점을 이해하고 대화를 많이 나누기를 바랍니다.

현대 사회는 컴퓨터를 못하는 컴맹보다 더 무서운 것은 커맹이라고 합니다.

커맹이란 커뮤니케이션, 즉 대화가 통하지 않는 사람을 말합니다.

서로의 차이점을 보려 하지 말고, 공통점을 먼저 보십시오. 맞서느냐 맞추느냐에 따라 행복의 판도가 달라집니다.

둘째는 서로 간에 변함없는 관심과 존경하는 마음을 갖길 바랍니다.

행복은 저절로 찾아오는 것이 아니라 내가 먼저 찾아가는 것입니다. 앞으로 부부 당사자는 물론이고, 서로의 가족 친지들에게까지 변함없이 관심과 존경하는 마음을 갖고 다가서면 분명 행복한 결혼생활이 될 것입니다.

셋째는 공동의 인생목표를 정하여 희망을 갖고 하루하루 최선을 다하길 바랍니다. 부부가 함께 이루고자 하는 가장 가치 있는 인생목표를 정하여 그 목표를 위해 희망을 갖고 하루하루 최선을 다하십시오. 희망은 신이 우리에게 주신 최고의 축복입니다.

서로가 관심과 희망을 갖고 최선을 다하면 앞으로 어떤 어려움이 다가

와도 잘 헤쳐 나가리라 믿습니다.

　지금 이 자리에서 엄숙하게 서약한 그 마음 그대로 감사와 사랑, 헌신과
희망의 마음, 영원히 변하지 않도록 당부하면서 주례사를 마치겠습니다.

주례사 2012. 4.

제자의 결혼식 주례 2012. 4.

개교 50년의 발자취

하나님을 공경하고 부모님께 효도하며, 이웃을 사랑하고 국가사회에 봉사하며, 인류평화에 기여할 수 있는 전인적 인간교육을 교육이념으로 하여 1963년 계성초등학교가 개교된 지 어느덧 50주년이 되었습니다.

돌이켜 볼 때 50년 역사의 발자취마다 많은 분들의 헌신과 희생이 있었습니다. 초대 유병석 교장님, 2대 최종덕 교장인 본인, 3대 박윤호 교장님, 4대 현 김정옥 교장님 들의 굳건한 의지와 열정, 학생들의 앞길을 밝혀주는 현명하고 헌신적인 선생님들의 훈육, 명랑하고 씩씩하게 자라는 명석한 학생들, 물심양면으로 교육을 지원해 주시는 학부모님, 사회 각계각층의 지도자가 되어서 학교를 빛내주는 여러 동문님, 그리고 재단 이사님들의 적극적인 학교 지원이 있었기에 명문 사학으로 자리매김하게 되었습니다.

1980년대 초부터 전국 최초로 컴퓨터 교육을 실시하여 과학 교육에 앞장섰고, 합창부 및 예능부의 활발한 활동으로 통합적 인성교육에 박차를 가했으며, 미국, 일본 등의 학교와 자매결연을 하여 국제화 교육에 앞장섰으며, 아름다운 학교로 전국 최고의 대상을 수상하는 영광을 차지한 바 있습니다.

계성초등학교는 어느덧 지명 (知命)의 50세 중년기에 접어들었습니다. 이제 지난 반세기의 역사를 거울삼아 오늘의 발판을 더욱 확고하게 다지며 미래를 향해, 더 넓은 세계를 향해 더 힘차게, 더 높이 웅비하기 위해 내일을 그려볼 시점입니다. 개교 후 초창기에는 최첨단 시설과 환경을 조성하는 하드웨어 개발에 주력했고, 이를 바탕으로 실력 있는 학생, 공부는 물론이고, 운동이나 예술에 고루 능력 있는 인재를 키우는 소프트웨어 개발에 노력해 왔습니다. 지금은 그 소프트웨어를 한층 더 업그레이드 시킬 시기에 왔습니다.

우리 앞에 펼쳐진 21세기는 창의력, 배려심, 꿈과 도전정신을 절실히 요구하고 있습니다. "빨리 가려면 혼자 가고, 멀리 가려면 함께 가라."는 격언이 생각납니다. 요즘 사회는 단거리 경주가 아니고, 100년을 바라보고 멀리 뛰는 마라톤입니다. 사회에 진출하여 세계적으로 경쟁력 있는 사람이 되기 위해선 '남들처럼' 잘하는 것보다 '남과 다르게' 하도록 격려하여 창의력을 키워주고, 책임있는 리더쉽과 모든 것에 귀 기울이고 함께 할 수 있는 팔로워쉽과 배려심을 키워주며, 독립적이고 도전적인 정신으로 세상을 보는 마음의 문을 넓히는 교육에 주력해야겠습니다.

우리 계성초등학교는 대구 최고의 명문 사립학교라는 영역을 뛰어넘어, 세계 최고의 초등학교가 되기 위해 지혜와 역량을 하나로 모아 도전하고 정진해야 합니다. 지난 반세기의 빛나는 전통을 가슴 깊이 새기고, 앞으로 맞이할 100주년의 희망찬 포부를 갖고 의연하게 웅비해야 합니다. 햇빛과 지혜의 보고, 창조의 요람, 통섭형 인재를 만들어 내는 학교로서 햇빛과 같은 계성의 광채가 온 세상에 영원 무궁하게 빛나길 기원합니다.

-2013. 9. 계성초 개교 50주년 기념축사 -

VI

남기고 싶은 글

뜨거운 사랑과 정열의 일생

자랑스러운 선배님

최고의 스승이신 최종덕 선생님

격려의 박수를 보내며

뜨거운 사랑과 정열의 일생

김종필

　최종덕 선생님께

　"한 알의 밀이 땅에 떨어져 죽으면 많은 열매를 맺느니라."라고 한 성경 말씀대로 뜨거운 사랑과 정열로 일생을 바친 희생의 대가로 많은 훌륭한 제자들이 아름다운 열매로 결실하고 있으니, 그 보람과 영광은 영원히 빛날 것입니다. 이제 그들의 사회적 진출을 지켜보시는 위치에서 늘 후학들의 언덕이 되시어 기댈 수 있게 하시고, 어두운 곳을 비춰주는 등불이 되어 주시기를 바랍니다.

-김종필 전 국무총리, 자민련 총재-

자랑스러운 선배님

박병희

6·25 직후 신명학교의 본 교사를 미군이 사용하고 있어 나는 중학교 일 학년을 약전 골목에 있는 제일교회에서 시작했습니다. 학생회, 종교부 등 학교의 모든 중요한 활동에서 언제나 뛰어난 지도력을 보이신 한 선배님을 우러러보게 되었습니다. 반듯하고 분명한 용모에 두 가닥으로 땋아 내린 당당하고 아름다운 모습의 최종덕 선배님이셨습니다. 지금도 내 눈에 선명히 떠올릴 수 있을 정도로 인상 깊었습니다. 그때는 아주 짧은 아쉬운 만남이었습니다만(최종덕 선배님은 그때 고3으로 곧 대학에 진학하셨지요), 내 인생의 많은 만남 중에 아주 자랑스럽고 귀중한 만남의 시작이었습니다. 내가 고등학교에 다닐 때 선배님은 서울대학교 문리과대학 물리학과를 졸업하시고 모교의 교사로 부임해 오셨습니다. 물리와 수학을 가르치셨는데, 가르치심이 효율적이고 열성적이셔서 인기가 높았습니다. 뒤떨어지는 학생들을 도와주시고 또 빛나가는 학생들을 지도하셔서 많은 학생들을 감명시켜 새로운 출발을 하도록 하셨습니다. 그래

서 아직도 많은 제자들이 잊지 못할 은사님으로 자주 찾아오는 것을 봅니다.

선배님은 아주 다재다능하셨습니다. 모든 면에 월등하셔서 다른 사람의 추종을 불허하셨습니다. 물리, 수학을 가르치시면서 우리 문예반에 초청되어 영시 강독을 해주시곤 했습니다. 아름다운 영시들을 낭송하시고 해설해 주셔서 감수성 높은 소녀 시기의 후배 제자들에게 정신적 삶을 풍족하게 해 주셨을 뿐 아니라 좋은 학구적 모델이 되어 주셨습니다.

선배님의 일에 대한 조직력과 추진력, 정의감 역시 남들이 따를 수 없는 인격의 특성이라고 생각됩니다. 계성초등학교의 다양하고 창의적인 모든 교육활동은 물론, 운동장, 담장, 교실, 식당 등의 교육환경, 해마다 창의성을 나타내는 아동과 학부모, 교직원이 모두 참여하는 종합전시회, 국제교류 등 볼 때마다 감탄과 존경을 금할 길 없습니다. YWCA의 일하는 여성의 집, 청소년 선도 운동, 국기 교육, 과학 교육 등 수없이 많은 일들을 조직적으로 힘있게 추진해 오셨습니다. 우리 신명동창회도 선배님의 땀과 정성으로 동창회다운 기초를 이루고 활성화되었다고 믿습니다. 더위와 추위, 어려움을 무릅쓰고 전국과 해외까지 동창들을 방문하시고, 설득하셔서 학교를 위해 모금하시고 또 동창회의 기금 마련과 동창회 사업을 여는데 수고를 아끼지 않으셨습니다.

최종덕 선배님을 존경하는 또 한가지는, 그분의 자기희생적 사랑과 정의감입니다.

수년 전의 일이었습니다. 아무 곳에도 기댈 데 없는 한 젊은 이가 어느 직장에 서류를 내었으나, 실력만으로는 어렵다는 것을 알게 되어 낙심하던 중 몇 스승에게 의논을 했다고 합니다. 돈이나 명예와 관계없이 정의를 위해 말해줄 수 있는 분이 누군가? 최종덕 교장 선생님이시다고 생각하고 부탁드렸더니 역시 사심 없이 흔쾌히 그 일을 도와주셨습니다. 최종덕 선배님은 인간의 원칙적이고 본질적인 일에 순수한 열성과 용기를 가지신 분이며, 하나님과 사람 앞에서 정도를 걷는 그 당당한 모습, 그 자신감은 참으로 우리가 본받을 귀감입니다.

가지신 많은 달란트를 최선을 다하여 활용하시고 많은 사람들에게 희망과 용기, 사랑과 기쁨을 선사하신 선배님께서 이제 많은 포상과 칭송을 받으시며 명예로운 정년퇴임을 하시게 되니 진심으로 축하를 드리는 한편, 아쉬운 마음 또한 큽니다. 그 높은 지혜, 신속한 판단력과 추진력, 당당한 담력과 정의감, 당신을 모함하는 사람이라도 곤경에 처하면 적극 지원하시는 일과 사람에 대한 순수한 열정과 사랑, 그리고 몸소 실천하는 모범적인 일상생활은 우리 사회에 참으로 필요한 지도력이기 때문입니다.

앞으로 더욱 자유로움을 가지시고 그 젊고 힘찬 생각과 건강

으로 보다 차원 높고 넓은 영역에서 가지신 역량을 유감없이
펴실 수 있기를 바랍니다.

-박병희 전 계명대학교 교수, 신명여고 총동창회장-

국무총리 공관 2000. 박영옥여사. 박병희교수

최고의 스승이신 최종덕 선생님

김진홍

이 길이 아닌, 좀 더 편하면서도 세상의 영광도 주어지는 다른 길을 가실 수도 있었을 것이고, 또 굳이 이 길이더라도 남들처럼 편하게 걸어오실 수도 있었겠지요. 그러나 선생님의 교육에 대한 숭고한 사명감은 한순간의 머뭇거림도, 한 치의 어긋남도 용납하지 않으셨습니다.

황량했던 계성의 언덕을 꽃동산으로 만드셨고, 남다른 예지력으로 영어교육, 컴퓨터 교육 등을 일찍이 도입하셨습니다. 지금 보면 모든 것이 본래부터 거기에 있었던 것 같지만, 계성초등학교를 현재와 같이 가꾸신 식견과 노력을 감히 누가 따를 수 있겠습니까?

모든 인간은 나름대로 평생을 살아간 후 그 성적표를 가지고 창조주의 면전으로 나아갈 것인데, 하찮은 우리가 알 수 있는 범위 내의 선생님의 성적도 놀라운 것인데, 거기다가 선생님이 은밀하게 쌓아놓으신 것을 합하면 그 성적은 더욱 놀라운 것이 아니겠습니까? 어찌 국민훈장 동백장이 맞갖은 상이 될 수 있겠습니까? 선생님의 취임사에서 "초등교육을 위해 희생하는 마음으로 사명을 다하겠다."고 하셨던 대로 선생님 자신을 희생하고 제자들의 영광된 미래를 위하여 노심초사 열과 성을 다하셨으니, 어찌 후회나 아쉬움이 있을 수 있겠습니까?

아무리 높은 산이라도 올랐다가는 내려와야 하고, 대통령의 자리도 끝이 있지만, '최고의 스승'이라는 영광된 자리에 오르신 선생님은 내려오실 필요가 없습니다. 오히려 언제까지나 북극성과 같이 높이 계시어 어둠 속에서 헤매는 후학들과 제자들을 인도하셔야 합니다.

만나당에서 일용할 양식을 얻고, 선생님이 제정하신 교화인 붉은 샐비어가 피어 있는 길을 거니는 계성 가족들이 선생님에게 드릴 말씀은 "감사합니다."라는 한 마디입니다.

-김진홍 변호사, 전 계성초등학교 발전위원회장-

격려의 박수를 보내며

자랑스러운 신명여고 총동창회장 최종덕 선생!

오늘 아침(2004년 1월 13일) 조선일보에 올리신 〈대구 신명여자고등학교의 교명을 살립시다〉 제자의 호소문을 몹시 안타까운 마음으로 두 번 세 번 읽었습니다. 동창회 여러분의 모교를 사랑하는 숭고한 정신과 명쾌하고 질서정연한 글을 대하면서 새삼 좋은 학교, 좋은 동창이라는 생각을 하게 됩니다. 수고 많습니다.

한때 여러분의 모교와 인연을 맺었던 사람으로서 여러분의 소원이 꼭 성취되기를 전직 교사의 이름으로 간절히 소원합니다. '신명고녀'라는 이름 속에는 비단 동창생들뿐만 아니라 대구사람 모두의 향수가 깃들어 있습니다. '신명고녀'는 단지 한 학교의 이름이기 이전에 대구 역사와 전통의 일부분이기도 합니다. 만약 대구에 변하지 않아야 할 것이 있다면 '신명고녀'는 그중의 하나입니다. 총동창회장 최종덕 선생님과 동창회 여러분의 노고에 감사하며, 학교재단 및 교육행정 당국의 각별하신 배려를 바라마지 않습니다.

2004. 1. 13. 이영만(은사, 전 서울체신청장)

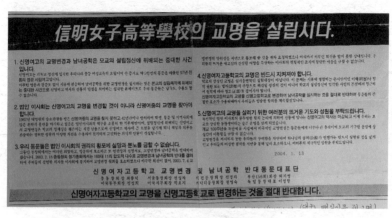

信明女子高等學校의 교명을 살립시다.

2004. 1. 13. 조선일보, 작성자: 최종덕

스승의 날 은사 방문. 2010. 송덕희, 이영만, 손종섭 선생님

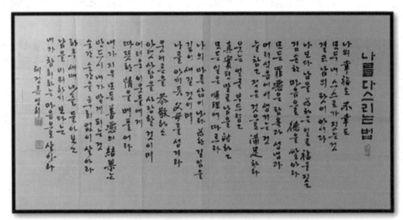

류영희 대구서예가협회 회장

김종필 전 국무총리, 자민련 총재

류만수 전 학교장

한국 여류서예가협회 부회장
류영숙 서예학원장

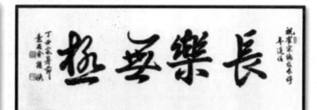

김종쾌 전 학교장

이병조 전 평화통일자문위원

옥천 정오열

崔 宗 德

본　　　관 : 永　川
출　생　지 : 慶北 永川
생년월일 : 1932. 3. 30.

공　훈

국민훈장 동백장, 한국교육의 대상(제18회 스승의날), 한국적십자봉사장 금장, 한국청소년연맹 금장, 문교부장관상 2회, 한국퇴직공무원 우수상, 서울대학교 교육행정연구상 2회, 대통령 행정학박사학위, 한국YWCA수부단과부원장 감사장, 한국걸스카우트연맹 금장, 종비보부장(선양유공) 표창, 평화통일상 사무총장 표창, 도지사·시장 표창 다수

학력 및 경력

· 대구신명여고 졸업
· 서울대학교 문리과대학 물리학과 졸업
· 경북대학교 대학원 교육학 박사
· 문교부 교사 자격 취득
· 경북대학교(中·高) 교사, 대구계성초등학교 교장(21년간)
· 대구광역시 정책 자문위원
· 서울대학교 총 동창회 상임 이사장
· 대구 서 계성초등학교 설립
· 논문 '인력개발을 위한 여자 중등학교 취업지도의 이론적 연구'
· 한국걸스카우트 대구연맹 이사장, 어린이날 교육자대표(경북지구) 수상, 여성인력 JC사교육 및 일본교사 거래연맹, 여성신문
· 국제봉사상 지구평화상, 평화통일
· 후원회원 서울대장학회 설립

崔宗德 교장은 경북 영천군 두어산골에서 부친 崔季풍 영수와 모친 崔福恩 집사의 9남매 중 셋째 딸로 태어났다. 대구 신명여고에 수석입학한 후 학도호국단 단장으로 활약, 6·25한국동란 이들에는 민간인 최초로 일선위문단을 조직하고 국군위문공연을 하였고, 수석 졸업 후 서울대학교 문리과대학 물리학과를 졸업하였다.

신명여고 教師를 시작으로, 美國 하버시기독학교 수학교사, 영천여중 校監을 歷任하였으며, 대구 계성초등학교 校長으로서 1977년부터 1997년까지 21년간 歷任한 후 정년 퇴임 하였다. 특히, 계성초등학교 校長으로 재임하면서 사학의 자율성 기반조성, 교육의 선진화 시책(컴퓨터 경진대회 대통령상 수상, 학교의 공헌표로 아름다운 학교 대상을 수상) 국제화시책(美國과 日本학교와 자매 결연)등 교육발전에 앞장선 공로로, 국민훈장 동백장을 수상하였다.

사회활동으로는 수백회의 국가회 강연(일본거류민단, 2군사령부, 여성단체 등등), 우크라이나 세계 우주보단 대회 한국 인솔단장, 청소년 적십자 단장으로 활약하였으며, 1956년 한국걸스카우트 대장, 세계훈련강사로서 한국이 세계걸정치왕국 신뢰를 받는데 결정적 역할을 담당했다.

한편 대구직할시 정책자문위원, 대구지법 가사조정위원, 평화통일정책자문위원, 대한적십자사 경북도단장 및 전국대의원, 대구 YWCA会長 역임시 여성인력개발원 설치, 새마을 부녀단 경북도단장, 지역경제소 국민운동협의회 영남지구 상임의장, 서울대학교 총동창회 종신이사, 계성교육재단 이사 등 수많은 분야에서 헌신 봉사한 국가 교육 유공선사이다.

著書 『이름도 빛도 있는 길』, 論文 『인력개발을 위한 여자 중등학교 취업 지도의 이론적 연구』, 외에 신문, 잡지 등, 각종 기고문이 수십이 된다.

座右銘으로는 '경외롭게 성실하게 열정적으로' 生活로는 '믿음·소망·사랑·예물의 삶'을 생활신조로 살고 있다.

가족으로는 夫君 朴鍾鎬(교육학박사)과 딸 朴貞秀(교육학 석사), 아들 朴柄煥(한의사), 자부 南美和(약사), 딸 朴美点(의학 박사), 사위 南應烈(의학 박사)를 두고 있다.

2014년　4월　5일

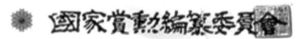

영예로운 훈장

1996. 한국걸스카우트 공로훈장 은장

1996. 한국교육자 대상

1996. 대한적십자사 금장

1997. 한국청소년연맹 금장

1997. 국민훈장 동백장

포상 개요

1963.	경상북도지사 표창
1973.	문교부 장관 표창(걸스카우트 육성 공로)
	경북 교위 교육감 표창(청소년지도 공로)
	국방과학 연구소장상(전국과학전 장려상)
1974.	문교부장관상(전국과학전 우수상)
	경북 교위 교육감 표창(과학유공)
1976.	한국 걸스카우트 총재 표창
	경북 교위 교육감 표창 (걸스카우트 육성 공로)
1977.	중앙정보부장 표창(반공 유공)
	서울대 부설교육행정원장 표창(연수성적 최우수)
1986.	한국 보이스카우트연맹 무궁화동장
1990.	한국 청소년연맹 청소년 은장
	평통 사무총장 표창
1992.	대구시장 표창(부녀지도사업 유공)
	대구시장 표창(새 질서 새 생활 실천 유공)
1993.	문교부 장관 표창
	한국 교원단체연합회장 표창
1994.	대법원 행정처장 감사장(가사 조정 유공)
	한국 기독교연합회 공로 표창
1996.	한국 걸스카우트 연맹 은장(세계 정회원국 가입 유공)
	제15회 한국교육자 대상
	적십자 봉사장 금장
1997.	국민훈장 동백장
	한국 청소년 연맹 금장

맺는 글

시대를 앞선 어머니의 삶의 흔적을 후손들에게 남기고 싶었습니다.

좀 더 알찬 내용으로 책을 만들고 싶었으나, 여러 가지 여건이 불충분하고 저의 능력과 시간이 부족해 빈약한 문집이 되어 아쉬움이 남습니다.

그러나 화려하게 만개한 꽃보다 수줍은 듯 반쯤 핀 꽃이 더 아름답게 느껴지듯이, 이 책의 미숙함과 부실함을 여운으로 보완하여 주시면 고맙겠습니다.

좋은 글을 보내주신 여러분들과 출판에 적극적으로 협력하여 주신 많은 분들께 심심한 감사를 드립니다.

나의 어머니 최종덕

펴 낸 날 2020년 7월 7일

엮 은 이   박미정
펴 낸 이   이기성
편집팀장   이윤숙
기획편집   정은지, 윤가영
표지디자인 정은지
책임마케팅 강보현, 류상만
펴 낸 곳   도서출판 생각나눔
출판등록   제 2018-000288호
주   소   서울 잔다리로7안길 22, 태성빌딩 3층
전   화   02-325-5100
팩   스   02-325-5101
홈페이지   www.생각나눔.kr
이 메 일   bookmain@think-book.com

- 책값은 표지 뒷면에 표기되어 있습니다.
  ISBN 979-11-7048-107-2 (03810)

- 이 도서의 국립중앙도서관 출판 시 도서목록(CIP)은 서지정보유통지원시스템 홈페이지
  (http://seoji.nl.go.kr)와 국가자료공동목록시스템(http://www.nl.go.kr/kolisnet)에서
  이용하실 수 있습니다(CIP제어번호: CIP2020025587).